ラスト・ヴォイス
行動心理捜査官・楯岡絵麻

佐藤青南

宝島社
文庫

宝島社

目次

ラスト・ヴォイス　行動心理捜査官・楯岡絵麻

第一話

堕ちた英雄

1

「あ、綿貫さん」

西野圭介の呼びかけに反応して、先輩刑事が振り向いた。銀縁眼鏡の奥で、神経質そうな細い目をさらに細く尖らせる。

「楯岡さん、見ませんでしたか」

「いいや。見ない」

「おかしいな。どこ行ったんだろう」

「電話すればいい」

「さっきかけたんだけど、出ないんですよ」

綿貫は西野が手にしたスマートフォンを見つめ、関心なさそうに唇を曲げた。

「後で折り返してくるだろう」

「ちょっと待ってください」

腕をつかんで引き留める。綿貫は一瞬、むっとした様子で眉間に皺を刻んだものの、怒り出したりはしなかった。

「邪魔になってる」

肩を押されて、同僚の進路を阻んでいるのに気づいた。すみませんと道を空けながら、廊下の端に移動する。

東京都千代田区桜田門にそびえる警視庁本部庁舎。二人はその五階の廊下に立っている。

「楯岡さん、どこに行ったんだと思います？」

楯岡絵麻。西野がペアを組む捜査一課の刑事だ。

「なんでおれに訊く。エンマ様についてはおまえのほうが詳しいだろ。急用なのか」

エンマ様というのは、楯岡の下の名前をもじった通称だった。

「急用です。一刻を争います」

こちらに正対した綿貫の瞳が、真剣な光を帯びる。

西野は綿貫の目を真っ直ぐに見つめ返した。

「『信州』って知ってますか」

「長野県のことだろう」

「そっちじゃなくて、有楽町のそば屋のことです」

日比谷口から出て、有楽町電気ビルヂングの前を通って——。説明するうちに綿貫も思い出したようだ。

「あったな。渋い感じの立ち食いそば。あの店がどうした」

「閉店するんです」

「そうなのか」

まだ続きがあると思われたらしく、奇妙な沈黙が訪れた。

「で？」

「だから閉店するんです。営業が今日までなんです」

「それがどうした」

「楯岡さんと約束してたんです。閉店までにもう一度行こうって」

なのに連絡がつかない。

綿貫の全身からみるみる熱が失われた。

「そんなことか」

「今日を逃すと二度とあのそばを味わうことはできないんですよ。あのコロッケそば！　鰹（かつお）だしのおつゆにひたされたコロッケの、ふにゃっとした感じ！」

西野は頭の中でコロッケを咀嚼（そしゃく）し、恍惚（こうこつ）となる。

「コロッケそばって『信州』のこと？」

紺色の制服を着た女性警官が会話に加わってくる。総務部の林田（はやしだ）シオリだった。丸い大きな瞳を輝かせながら、二人の捜査一課員を交互に見る。

「シオリちゃん、お疲れさま」

「お疲れさま。綿貫さんも」

「お疲れ」

綿貫が軽く手を上げる。

「西野くん。琴莉(ことり)さんは元気？」

「元気だよ。またシオリちゃんと飲みに行きたいって」

「嬉(うれ)しい。ぜひ行きましょうって伝えておいて」

琴莉というのは、西野の婚約者の名前だった。川崎の総合病院で働く看護師で、最近一緒に暮らし始めた。

「ところでシオリちゃん、知ってるかい。『信州』、今日が最終日なんだ」

シオリは「本当に？」と手で口を覆った。

「閉店するって張り紙してたのは見てたけど、勝手に月末までだと勘違いしてた。もう一度、あそこのコロッケそばを食べたかった」

最悪、と肩を落とすシオリの姿に、綿貫も興味が湧いたらしい。

「そんなに美味(うま)いのか」

「綿貫さん、あのお店行ったことないんですか」

シオリは信じられないという感じに目を瞬(しばた)いた。

「あるけど、いつもわかめそばを頼んでいるから」

西野とシオリが視線を合わせる。

「それは……」

「本当に……」

気の毒だ。

「なんだよ、ダメなのか」と綿貫が不安げに二人に問いかける。

「ダメとはいわないけど」

「コロッケそばを頼まないで『信州』に行ったことがあるとは……」

「だってコロッケだぞ。コロッケなんて、普通はそばに載せたりしない」

綿貫が唾を飛ばしながら力説する。

「いいんですよ、別に。好きなものを食べれば」

「シオリちゃんのいう通りだと思います。でもやっぱり『信州』でコロッケそばを頼んだことがないっていうのは」

ねえ、と二人の声が重なった。

「感じ悪いな」

だいたいコロッケって洋食じゃないかとか、揚げ物が胃に応える歳になってきたんだとか、綿貫はまだぶつぶつ文句をいっている。

シオリはまったく意に介さないらしく、話題を変えた。

「これから行くの？」

「本当は楯岡さんと行こうと思っていたんだけど、姿が見当たらなくて」

「珍しいね。二人セットみたいなイメージだったけど」

仕事上の相棒だから当然とはいえ、そういわれるとなんだかこそばゆい。

「シオリちゃんは、楯岡さんを見なかった？」

「見てない。っていうか、そういえば最近あんまり見てないかも」

やはりそうか。いまは在庁番だからどこでなにをしていようと誰に迷惑がかかるわけでもないが、このところ気づけば姿が消えている。

「じゃあ綿貫さん、一緒に『信州』行きますか」

「この流れで誘われるのはあまり気分の良いものじゃないな。あからさまな妥協じゃないか」

綿貫は渋面で顎（あご）をかく。

「なら行かないんですか」

「行くよ」

シオリに見送られ、二人並んで歩き出した。

「そういえば、筒井（つつい）さんはどうしたんですか」

筒井道大（みちひろ）もまた、捜査一課の同僚だ。岩を積み上げたような強面（こわもて）と広い肩幅にくたびれたコートを羽織り、昭和の刑事ドラマから飛び出してきたような風貌をしている。

西野が楯岡とセットなように、綿貫も筒井とセットという印象だったが。

「野暮用だとかなんとかで、出かけていった」

「野暮用って、なんですかね」

「さあな。訊いたけど教えてくれなかった」

「いえない用事ってことは……女？」

まさかな、と、即座に否定する。あの仕事一筋の鬼瓦みたいなベテラン刑事は結婚して妻子ある身だし、そもそも相手にしてくれる女性がいるとも思えない。

だが綿貫は眉間の皺を深くした。

「おれもその可能性は考えた」

「マジですか」

「このところずっとそうだからな。一人でこそこそ動き回っている」

「なにか事件について調べてるんじゃないですか」

「だったらおれにいえない、なんてことはないはずだろう」

それもそうだ。担当外の事件に興味を持って首を突っ込むにしても、綿貫に隠す必要はない。筒井なら、むしろ気乗りしない綿貫を強引に手伝わせる。

綿貫が歩きながらこちらを一瞥（いちべつ）した。

「エンマ様もここ最近、あまり見かけないよな」

「楯岡さんはもともと自由人ですから。行き先も告げずにいなくなるのは珍しくな……」

西野がいいよどんだのは、綿貫のいわんとするところを察したからだった。

否定の言葉を口にするよりも先に、両手を大きく振っていた。

「いくらなんでもそれはないと思いますよ。楯岡さんと筒井さんが……」

男女の関係だなんて。

本当にそうだろうか？

二人はいがみ合っているようでいて、互いの仕事ぶりに敬意を払っている。最近では共闘する機会も増えてきた。仕事ぶりへの敬意が恋愛感情に置き換わる。たしかそういう心理効果があったような……。

「さすがにないか」

綿貫が小さく肩を揺すり、西野は我に返った。

「ないですよ」

ない。そんなことはありえない。

「そうだよな」

綿貫が笑い、西野も笑った。

2

「——ない」

　楯岡絵麻はいったん言葉を切り、続けた。「ということですね」

　正面に座るオールバックの男が、無念そうに自分の髪を撫でる。

「ええ。残念ながら、いまのところ犯人の目星はまったくついていません」

「でも目撃証言はあるんですよね」

　絵麻の横から、筒井が訊いた。

「いくつか不審者を目撃したという証言は挙がっているんですが、その内容がバラバラでして、信憑性があるかどうか疑わしいです。背が高かったり、低かったり、若者だったりおっさんだったりで外見的な特徴はいっさいつかめず、唯一共通しているのは男性という点だけ、というありさまでして」

「なにもわからないに等しい……ってことか」

　筒井が無精ひげの顋をかいた。

　絵麻と筒井がいるのは、大田区にある警視庁鵜の木警察署の一室だった。一週間前に管内で発生したアパート火災について話を聞くためにやってきたのだった。

二人を迎えたのは、刑事課の河本という男だった。髪が半分ほど白くなった、おそらく筒井より年嵩と思われるその刑事は、目の下にくっきりと隈を刻んでいた。刑事が捜査しているということはつまり、火災は失火ではない。消防による火災調査でも、放火の可能性が高いとされている。

放火されたのは、西野の婚約者である坂口琴莉の部屋だった。ちょうど西野が訪ねていたが、二人でコンビニに買い物に出かけ、部屋を空けたタイミングで出火した。死傷者が出なかったのはたんなる幸運だったのか。それとも、犯人があえてそのタイミングを狙っていたのか。

琴莉の部屋はアパートの一階だった。現場となった部屋の窓ガラスは割れ、床にはコンクリートブロックが落ちていた。もっとも激しく燃焼したのがカーテン付近の壁だったことから、犯人はコンクリートブロックを投げつけて窓ガラスを割り、カーテンに着火したとみられている。

判明したのはそこまでだった。犯人特定につながる遺留品はなく、目撃証言もあやふやなものばかり。琴莉への事情聴取も行われたが、犯人に心当たりはないと答えたようだ。彼女が人間関係や金銭にまつわるトラブルに縁がないのは、絵麻だってわかっている。

二人は河本に礼をいい、鵜の木署を後にした。一本通りを入ると、環八の喧噪が嘘のような閑静な住宅街が広がる。

「きついな。付近に防犯カメラの設置なし、目撃証言はあやふや、被害者の周辺に人間関係や恋愛についてのトラブルなし。捜査の糸口すら見つからない」

筒井が短く刈った髪の側頭部を乱暴にかく。出会って以来驚くほど見た目が変わらないと思っていたが、最近白髪の割合が増えてきたことに、いまさら気づく。

絵麻は感傷を振り払うように、茶色い髪の毛をかき上げた。

「犯人はわかっています。楠木ゆりかです」

ううん、と曖昧な唸り声。承服しかねるという雰囲気だ。

「本当に楠木の差し金なのか」

「間違いありません」

はっきりとは認めなかったが、あの女のなだめ行動とマイクロジェスチャーが黒幕だと物語っていた。

楠木ゆりか。明らかになっているだけで十二件の殺人を行ったとされる元心療内科医の連続殺人鬼。絵麻によって逮捕された彼女は死刑判決を受け、現在は東京拘置所で刑の執行を待つ身だ。

琴莉のアパートが放火された後で、絵麻は楠木に面会した。そして楠木の指示を確信した。

「おれは直接、楠木と話したわけでもないし、しぐさから嘘を見破るなんて芸当もできない。だから本当のところはわからない。だが、楠木憎しのあまり、視野狭窄に陥っている可能性はないか」

「否定はしません。だから、筒井さんは本庁に戻ってもらってかまいません。私は私でやります」

「そうカリカリするな。やりたくないっていってるわけじゃない」

筒井が気まずそうに顔をしかめ、脇に抱えた茶封筒に視線を落とす。河本から提供された捜査資料だった。

「これからどうする。目撃者にあらためて話を聞きに行くか」

「その前に一人、会う約束をしています」

「誰だ」

「中目黒でアポイントを取っていたんですが」

こちらが出向く必要はなさそうだ。絵麻の鼻はディオールオムのオードトワレを嗅ぎ取っていた。懐かしくも苦い記憶が呼び覚まされる。

絵麻は足を止めた。

「いるんでしょう」

「なにいってる」

筒井が周囲を見回す。

「さすがだな。いつ気づくかと思っていたが」

声は背後から聞こえた。

電柱の陰から現れたのは、高級ブランドのスーツに身を包んだ長身の男だった。コツコツと革靴の足音を響かせながら近づいてくる。

映画のワンシーンのように現実離れしていて、同時に酷く胡散臭くもあるスマートな挙動。

闖入者に不審を隠そうとしなかった筒井が、やがて驚愕の表情になる。

「きさま……塚本？」

塚本拓海は公安部所属にして、絵麻のかつての恋人だった。その縁で公安の捜査に絵麻が協力したこともあるし、逆に塚本の協力を請うこともあった。ただ、中東のテロ組織に絵麻をスパイとして潜入させ、危険に曝した過去があるだけに、絵麻の同僚たちからの心証はよくない。

「筒井さん。お久しぶりです」

過去の因縁など存在しないかのように、塚本が爽やかに微笑む。

「お久しぶりです、じゃねえ！　てめえ、どの面下げて……」

筒井が塚本につかみかかった。いまにも殴りそうな勢いだったが「私が連絡したんです」という絵麻の言葉で、時間が止まったようになる。

「なんでこんなやつに……」

「あの女の……楠木ゆりかの手足をもぐ。その目的をはたすためです」

そのためには手段を選ばない。

絵麻の強い思いに圧倒されたように、筒井が塚本から離れた。

「彼女は正しい選択をした。おれはそう思います」塚本がジャケットの襟を直す。「死刑囚の楠木ゆりかをふたたび裁くことは、この国の法律ではできません。彼女は衣食住が保障された環境で暮らしながら何者かに指示を出し、『外』の世界で犯罪を行わせて楽しんでいる。もちろん、死刑囚である以上、明日にも刑が執行されるかもしれませんが、だからこそ、他人を手足のように使って『外』の世界を混乱させるのが、彼女にとって唯一の愉しみになっているのです。すでに身柄を拘束され、極刑も確定しているから、逮捕されたり裁かれたりするのを恐れる必要はない。真の意味での『無敵の人』です。そんな相手に正攻法では太刀打ちできない」

「あんた、またなにかやらかすつもりなのか」

「必要であれば」

「一線を越えたら容赦なくワッパをかけてやる」

筒井に睨みつけられた塚本が両手を上げた。

「参ったな。求められたから、駆けつけただけなのですが」

「不本意ですが、楠木に対抗するには彼の力が必要です」

絵麻の言葉に、筒井がふんと鼻を鳴らした。

「勝手にしろ。ただしおれの目の前で法を犯すな」

「筒井さんの見えないところでにします」

「そういう問題じゃ……」

途中で諦めたように、筒井が口を噤んだ。

歩きながら話すことにした。いちおうあらましを説明したが、さすがというべきか、塚本にとっては事前に下調べしてきた情報との答え合わせのようだった。

「どうして、西野に話さない」

ひととおり話を聞き終えたところで、塚本が訊いた。

「そんなこともわかんないのかよ」

筒井があきれたようにいう。「自分のせいで婚約者が危険に曝されているなんて知ったら、西野のことだ、琴莉さんと別れるなんていい出しかねない」

「もっとも合理的な判断だと思いますが」

「ふざけんじゃねえ。悪人に狙われるなんて理由で恋人と別れてたら、警官は誰一人家庭を持てない」

「持たなければいい」

きみはどう思うんだという感じで、塚本が絵麻を見る。

「西野には幸せになってほしい」

「いいのか」

「後輩の幸福を願えない人間がどこにいるの」

絵麻は少しむっとした。

「おれには人の『心』がわからない。他人の振る舞いを見てこれが喜びなのだろう、これが幸福というものなのだろうと想像し、学習するだけだ。だからおれは本当の幸せを知らない。絵麻や西野にとってなにが幸せなのかもわからない。そんなおれがいうのもなんだが、西野にとって、婚約者と結ばれることが幸福とは限らないんじゃないか」

「なにがいいたいの」

塚本がなにをいわんとしているのか、本当はわかっていた。筒井も同じなのだろう。

絵麻の出方をうかがうように押し黙っている。

「二人が別れれば楠木の思うつぼになる。ぜったいにそんなことはさせない」

しばらく無言で歩いていた塚本が、やがて顔を背けた。

「それが絵麻の望みならば、叶(かな)うよう協力しよう」

「簡単にいうが、なにをどうするっていうんだ。放火なのははっきりしているが、物証が乏しすぎて、とてもじゃないが犯人を辿(たど)れそうもない」

筒井が前を歩く絵麻と塚本を交互に見る。

「たしかに難しいケースです。一件だけだとサンプルが少なすぎて、正確なプロファイリングも組み立てられない」

ちらり、とうかがうような視線を頬に感じ、絵麻は釘(くぎ)を刺した。

「だからといってもう一件、放火を誘発するなんていわないでよ」

「ダメか」

「当たり前だろうが」

筒井が語気を強めた。

「失言でした。犯人の特定を最優先にするなら、サンプルが多いほうがいいと考えただけです」

誠意の欠片も感じられない謝罪をして、塚本がこぶしを口にあてる。やがて絵麻のほうに視線を滑らせた。

「畑中(はたなか)の線はないんだな」

「ない」

畑中尚芳(ひさよし)。楠木の夫だ。『週刊話題』というゴシップ週刊誌の記者で、取材を重ねるうちに楠木に籠絡（ろうらく）され、獄中結婚に至った。楠木にとって『外』での手足となっている。

「私もまず畑中の関与を疑った。だから楠木に面会したとき、畑中にやらせたのかと質問した」

「否定のマイクロジェスチャー？」

絵麻は頷（うなず）いた。

完全な嘘をつき通せる人間は、実はほとんどいない。ほんの一瞬だけ、無意識に身体（からだ）が反応してしまうのだ。たとえば本人は頷いて肯定したつもりでも、直前に顔を横に振って否定している。逆に顔を横に振って否定したつもりが、直前に顎を引いて肯定している。五分の一秒だけ表れる肉体の反射をマイクロジェスチャー、表情の変化を微細表情と呼ぶ。刑事としての絵麻の最大の武器は、常人なら見逃してしまうマイクロジェスチャーを捉（とら）える、並外れた洞察力と動体視力だった。

「実行犯は別にいて、畑中が命じたという可能性も」

「ない。かりに畑中が実行犯でないにしても、誰かに犯行を命じさせた自覚はあるなら、否定のマイクロジェスチャーが表れることはない」

元恋人である塚本は絵麻の特殊能力について把握しているだけでなく、自らも行動心理学についての知識がある。絵麻の主張に疑義を挟むことはなかった。

「だとすると、楠木には畑中以外にも外界とつながる『窓口』が存在するということだな」

「その可能性は高い」

ふむ、と、塚本は頷いた。

「楠木への面会履歴の照会をかけてみよう」

「畑中はまったく無関係なのか？」

筒井が会話に入ってくる。

「少なくとも、琴莉ちゃんのアパートへの放火については、畑中はかかわっていませんん」

「ためしに揺さぶりをかけてみたら、なにか出てくるんじゃないか」

答えたのは塚本だった。

「得策とは思えません。下手に突撃しても、こちらの焦りが伝わるだけです」

「あんたに聞いてない」

そのとき、絵麻のスマートフォンが振動した。きっと西野だろう。河本との面談中、西野から着信があった。

だが違った。

液晶画面には未登録の電話番号が表示されている。

「もしもし」

『もしもし。楯岡さんの携帯電話でよろしかったですか』

「そうですが」

『鵜の木署の河本です』

「河本さん」と筒井の顔を見ながら復唱し、続けた。

「先ほどはありがとうございました。どうされましたか」

忘れ物でもしただろうかと思ったが、河本の用件は思いがけないものだった。

『実は、うちの地域課員が、火災現場からそう遠くない場所で不審者の身柄を確保しました。職質から逃げようとしたそうです。放火と関連があるかどうかはわからないのですが、いちおうご連絡しておこうと思いまして』

「ありがとうございます。まだ近くにいるので、うかがってもよろしいですか」

『そのつもりでご連絡しました』

重ねて礼をいい、通話を終えた。

「なんだって？」

筒井にも高揚が伝わっていたらしい。

「不審者の身柄を確保したそうです。鵜の木署に戻りましょう」

「もしかしたら、あんたの協力は不要になるかもな」

筒井の捨て台詞にも、塚本は「そう願います」と爽やかな笑顔で応じていた。

3

鵜の木署の玄関前で河本が待っていた。絵麻たちを認めるなり、申し訳なさそうに背を丸めながら両手を合わせる。

「すみません。ご連絡した不審者ですが、空振りのようです」

「どういうことですか」

絵麻は訊いた。

「クロはクロなんですが、逮捕容疑が放火じゃないんです。強姦未遂と強盗です。不審者の身柄を確保したと連絡を受けて、私も早とちりしてしまいました」

河本の話を要約すると、こうだ。

交番勤務の地域課員が警邏中、挙動不審な男を発見した。ボストンバッグを提げた男は住宅街を歩きながら、家々を観察している様子だったという。

不審に思った地域課員は職務質問を行うため、男に声をかけた。男は当初こそ素直に応じていたものの、バッグの中身を見せてほしいと要求されると、突然走って逃げ出した。地域課員は応援を要請し、駆けつけた応援要員とともに男を取り押さえた。

そしてバッグの中身を確認したところ、女性ものの財布と、スポーツシューズをしまうためのナイロン製の巾着袋が出てきた。財布には松尾美咲（まつおみさき）という女性の運転免許証が入っていた。松尾美咲は昨晩発生した強姦未遂・強盗事件の被害者だった。そのため男を緊急逮捕するに至ったのだった。

男は現在、鵜の木署で取り調べを受けている最中だという。

「凶悪事件だが、放火に関連しているかどうかは……」

微妙だな、どうする？　筒井が目顔で問うてくる。

「念のため、取り調べの様子を見せていただいても？」

絵麻の申し出を、河本は快諾した。

取調室の別室に通され、マジックミラー越しに部屋の様子を観察する。

デスクを挟んで向き合う被疑者と取調官を、横から見る構造だ。向かって左でうなだれているのが被疑者、右でデスクの上に手を重ねているのが取調官。

「えらくガタイがいいな」

筒井の言葉は、被疑者の外見についての感想だった。たしかに体格が良い。座高もあり、身長は一九〇センチ近くありそうだ。上下スポーツブランドのだぼっとしたジャージに身を包んでいるが、それでも身体の厚みが尋常でないのがわかる。

こんな大男に襲われた被害者女性の恐怖は、いかばかりか。もちろん、有罪判決が下るまでは無罪の推定が成り立つとはいえ、被害者の財布を所持していたのだから言い逃れしようがない。

絵麻はふと、筒井の異変に気づいた。

筒井はマジックミラーに顔をくっつけんばかりにして、被疑者を凝視している。

「筒井さん……？」

「あれ、橘俊太郎（たちばなしゅんたろう）じゃないか？」

「知り合いですか」

「違う」とかぶりを振った後で、筒井は絵麻を見た。

「元プロ野球選手だ。知らないか。甲子園で優勝して、鳴り物入りでプロ入りしたピッチャーだ」

「一軍でもけっこう投げてましたね」

会話に加わってきたのは河本だった。筒井の指摘は当たっているらしい。

「有名な選手なんですか」

「超一流とまではいわないが、プロ野球ファンならわりと知ってるな」

「なにせ、辞め方が辞め方でしたからね」

河本の口調には、突き放したような響きがあった。

「どういう辞め方だったんですか」

「今回の逮捕容疑と一緒だ」

筒井がしかめっ面で顎をしゃくる。

絵麻もつられて被疑者に視線を移した。

スポーツマンらしい短髪に、顔に比べて小さな耳、薄い眉、丸い鼻に分厚い唇。おそらく笑うと愛嬌(あいきょう)があり、先輩にかわいがられるタイプだろう。

次第に、記憶が蘇(よみがえ)ってきた。

「性加害したと週刊誌で報じられていた選手ですか」

「おまえも知っていたか。けっこう大々的に報道されていたからな」

「あれって何年前のことでしたっけ」

「何年前だっけ」と、筒井が指を折りながら数える。

答えを出すのは河本のほうが早かった。

「七年前です」

「もうそんなに経(た)つのか」

筒井は時の流れの早さに驚いたようだった。

「あの騒動って、最終的にどういう結果になったんですか」

プロ野球には興味がないし、週刊誌の見出しやネットニュースをちらっとチェックしただけなのでよく知らない。把握しているのは、プロ野球選手が同意のない性交渉に及び、被害を訴える女性から刑事告訴されたという概要程度だ。

「不起訴になったんでしたっけ」

筒井が河本に確認する。

「ええ。ただ、刑事告訴された時点で、球団から契約解除されました」

「そうだった。あのときは、もし無実だったらかわいそうだと同情したが、いまのこの状況を見ると、あのときも証拠不十分なだけでクロだったんだな」

筒井が鼻に皺を寄せ、マジックミラー越しに被疑者を睨む。

スピーカーからは、増幅された取調室の音声が聞こえてきた。

『――つまり日ごろからあんなふうに徘徊して、標的を探していたってことだな？』

これは取調官のものだ。被疑者との比較で小さく見えてしまうが、取調官の男も、一般的に見ればじゅうぶんに体格が良い。ワイシャツの袖をまくった浅黒い腕には、無数の血管が浮き出ていた。

橘が上半身を揺らすようにして頷く。

『そうです』

体格から受ける印象通りの、低い声だった。

『松尾美咲さんのことは、以前から目を付けていたのか』

『いいえ。当日たまたま見かけて、とても綺麗な人だと思いました』

『昨日の行動を、順を追って説明してくれないか』

『仕事を終えたのが午後五時過ぎで、現場からバスと電車を乗り継いで、自宅の最寄りの鵜の木駅についたのが、六時過ぎでした』

『仕事はなにを？』

『解体業です。当日の現場は横浜の鶴見でした』

取調官が手もとの書類にペンを走らせ、顔を上げる。

『六時過ぎに最寄り駅についた後は、どうした』

『駅前の牛丼店で食事をしてアパートに帰りました。しばらくテレビを観ていたのですが、なんだかムラムラしてしょうがなかったので、家を出ました』

『女性を物色するためにか』

『そうです。とにかく無性にムラムラして、じっとしていられなくなりました』

『家を出たのは何時ごろだ』

『十時過ぎ……だったと思います』

『どのへんを歩いたんだ』

『自宅から鵜の木駅の周辺にかけてです。目的もなくぶらぶらと歩いていました。だいたい三十分ぐらい歩いたところで、彼女を見つけました』

『松尾美咲さん？』

『つい後をつけてしまいました。最初は通行人も多かったのですが、しばらくするとほかに人がいなくなって、私と彼女だけになりました。そのときに、自分がなにをしたいのか、はっきり理解した気がします』

『彼女を自分のものにしたい？　そう思ったのか』

橘は無言で頷いた。

『彼女の部屋はアパートの二階でした。私は足音を忍ばせ彼女に近づき、彼女が部屋の扉を開いたタイミングを見計らって、背後から彼女を抱きしめました。そのまま部屋に押し込み、顔を見られないように巾着袋を彼女の頭にかぶせました。それから服を脱がせようとしたのですが、彼女の抵抗は予想以上でした』

『そりゃそうだ。文字通り命がけなんだから』

蔑(さげす)みのこもった、取調官の口調だった。

橘は深く頭(こうべ)を垂れてしばらく瞑目(めいもく)した後で、意を決したように顔を上げた。

『その後しばらく揉(も)み合いをするうちに、彼女が壁に頭をぶつけて意識を失いました。それを見て急に怖くなり、バッグから財布を奪って逃げました』

『なんで今日、あのあたりをうろついてた』

『財布を処分しようと思い、捨て場所を探していたんです』

取調官のあきれたような息の音が、やけに大きく響いた。

「まったく、クズはいつまでもクズなんですかね」

河本が憎々しげに吐き捨てる。

「真面目にやってりゃ、何億も稼げたかもしれないのに」

筒井は理解できないという感じでかぶりを振った。「しかし驚きました。甲子園のスターが、いまは解体業で働いているんですか」

「本当に、親の心子知らずといいますか。あそこまで面倒見てもらっておきながら」

河本の発言の意図がくみ取れない。筒井も同じだったらしく、首をひねっている。

微妙な空気は河本に伝わったようだ。説明してくれる。

「橘にいまの職場を紹介したのは、かつての恩師らしいんです。高校の野球部の監督さん」

「そうなんですか？　でも橘が甲子園に出たときの高校は、京都かどこか、関西のほうじゃありませんでしたっけ」

「ええ。でもほら、強豪私立では監督の引き抜きとかあるでしょう。いまはこの近くの丸子（まるこ）学園の野球部を監督しているそうです」

「知らなかったな。たしか藤原（ふじわら）重男（しげお）、とかいう名前だった気が……」

「よくご存じですね。藤原重男監督。丸子学園は野球部強化にかなり力を入れているみたいで、全国から選手を集めているそうです」

「へえっ。それは期待できそうだ」

だといいですけどね、という感じで、河本が肩を持ち上げる。

「その藤原監督が、橘の就職を斡旋したんですか」

「らしいですよ。橘のやつ、あの後傷害事件で有罪判決を受けて服役していたみたいです」

筒井が額に手をあてて記憶を辿る顔をする。

「そういや、ニュースになってるのを見た気がするな」

「プロ野球界を追われてすぐに奥さんと子どもに逃げられたっていうし、絵に描いたような転落人生ですわ。それでもかつての恩師は見捨てなかったんですね。服役中から何度も面会に足を運んで、身元引受人にもなってるみたいです。それなのにこんなことをしでかして……」

「助けてやるのがアホらしくなりますね」

「まったくですよ」

「やってないです」

絵麻の言葉に、頷き合っていた二人の男が動きを止めた。しばらく互いの顔を見合った後で、河本が口を開く。

「やってないって、なにをですか」

「犯罪行為です。橘はシロです」

別室は束の間、完全な静寂に包まれた。

4

絵麻は扉を開き、取調室に入った。

正面のデスクでは、橘俊太郎が大きな背を丸めている。無表情を装っているが、『驚き』と『恐怖』の微細表情を絵麻は見逃さない。突如として取調官が交替し、とても刑事には見えない茶色いパーマヘアの女が入室してきたのだ。これからなにが始まるのかと警戒しているのだろう。

壁に向かってノートパソコンを開いている記録係は、先ほどまでと同じ職員が引き続き担当する。桐島という三十歳ぐらいの男性刑事は小柄で痩せっぽちの体型からして西野とは正反対で、違和感しかないが、そもそも西野は、絵麻がいまこの場所にいることすら知らない。

「こんにちは。ちょっとお話、いいかしら」

絵麻は微笑を湛えながら椅子を引いた。

被疑者は軽く顎を引いて応じたものの、猜疑心のこもった上目遣いは変わらない。

しばらく見つめ合った後で、絵麻はデスクに身を乗り出した。

橘がぎょっとしながら身体を引く。その拍子に、椅子の脚が床を擦る音が響いた。

「別室で取り調べの様子を見せてもらった」

マジックミラーの嵌められた左側の壁を目で示すと「はあ」と曖昧な返事があった。

「単刀直入に訊くけど、どうしてやってもいない犯罪を、やったといい張るの」

橘が大きく目を見開いたまま絶句する。

「あなたはやってない」

次に橘が言葉を発するまで、五秒近くかかった。

「な、なにをですか」

「やっていないでしょう。松尾美咲さんを襲っていない」

視線があてどなく彷徨う。混乱しているようだ。

「意味がわからないのですが」

「そんなに難しいことをいってるわけじゃない。あなたはやっていない」

橘の頬が小刻みに痙攣する。

「どうしてって、そんなことを……?」

被疑者の眉間にかすかに皺が寄り、片頬が持ち上がる。

「どうしてって、無実の人間を裁くわけにはいかないから」

絵麻ははっとなった。

「『怒り』の微細表情」

「なんですか、それ……」

「本能的な感情の反射。いくら理性の強い人間でも、感情の反射を完全に抑え込むことはできない」

「やっぱり意味がわかりません」

「私は、無実の人間を裁くわけにはいかないという、至極まっとうなことをいっただけ。それなのにあなたには『怒り』の微細表情が表れた。私の発言に反発している。あなたの心の声を代弁すると、綺麗ごとをいったところで、無実の人間を裁いたことがあるじゃないか……といったところかしら。警察にたいするというか、社会にたいする『怒り』」

怪訝(けげん)そうに目を細める橘に、絵麻はいった。

「あなたがプロ野球界を追われるきっかけになった事件、冤罪(えんざい)だったの？」

目と鼻の穴を大きく開く驚愕の表情。当たりのようだ。

「あなたは性的暴行を加えたとして、女性から刑事告訴された。その後不起訴になるけど、検察の判断を待たずに球団はあなたとの契約を解除した。世間は不起訴という結果を見ることなく、刑事告訴という事実だけであなたをバッシングした。あなたを信じられなくなった奥さんと子どもも、あなたのもとを去った。だとしたらあなたの『怒り』は当然ね。無実の人間を裁くわけにはいかない、なんていう私の言葉はたんなる妄言に過ぎず、現実と大きく乖離している。あなた自身に、やってもいないことで世間から袋叩きにされ、すべてを失った経験があるのだから」

橘の顔は紅潮し、目は血走っていた。震える唇の端には、小さな泡が浮いている。

「どうなの？　これについては逮捕容疑と関係ないんだから、素直に本当のことを話しても問題ないわよね」

両肩を小刻みに震わせながら、橘が口を開いた。

「ずっと……ずっとそういってきたんだ。誰も信じちゃくれなかったけど。おかしなファンにつきまとわれて、ストーカーの被害に遭っているのはこっちなのに、いつの間にか加害者にされていた」

懸命に感情を抑えつけようとするかのような押し殺した調子だが、ところどころ声がうわずり、ときおり唾の飛沫が舞った。

橘によれば、一方的に女性ファンからつきまとわれ、拒絶したら刑事告訴されたらしい。不倫の事実すらなかったのに理不尽なバッシングを受け、家族の信頼すら失うことになった。

「いまさら信じてもらったって、もう取り戻せないんだ。昔みたいに速い球を投げられないし、家族だって……」

橘は膝に手をつき、うつむいていた。

絵麻は橘の気持ちが鎮まるまで、しばらく待った。

五分ほど経って顔を上げた橘は、なにかと決別したかのようなさっぱりした顔つきになっていた。

「もう話せる？」

「はい。大丈夫です。取り乱してしまい、すみませんでした」

「虚偽の告発によって、キャリアどころか、人生まで棒に振ったのだから当然よ」

「でも、ときどき考えるんです。あの件がなくても、どれだけやれたかはわからない……あの件のせいでキャリアを棒に振ったというのを、自分に都合の良い言い訳に利用しているだけかもしれないと」

「そうなの？　でも甲子園で優勝したすごい選手だったって聞いたけど」

「すごい選手だから甲子園で優勝したのではなく、たまたま甲子園で優勝してしまったから、すごい選手だと過大に評価されてしまったんです。私自身、高校時代はプロになれるなんて思っていませんでした。たまたま甲子園で優勝したことで評価が上がり、ドラフト指名されたのでプロ入りしましたが、キャンプ初日からとんでもないところに来てしまったと挫折感を味わいました。本当に一流のプロになる人は、一年目からものが違うんです。見ればすぐにわかる」

「でもあなただって、一軍で活躍したって」

「敗戦処理として投げさせてもらっただけです。それでも自分のポテンシャルを考えると、よくやったほうだと思います。あのまま野球を続けられていても、勝ちパターンのリリーフとか、先発ローテまでは上がれなかった。謙遜ではありません。自分の力量は、自分がよくわかっています」

「そういうものなんだ」

「ええ。そういうものです」

なんとか過去と折り合いをつけようとするような、複雑な表情だった。

「話を戻すけど、かつての性加害疑惑は無実だった。じゃあ、今回の容疑については?」

長い息をつき、橘がいう。

「私がやりました」

「粘るね。あなたのしぐさは、嘘だっていってるんだけど」

別室でたっぷりサンプリングしたので、見間違えはありえない。この男は犯人ではない。

「どうしてなの」

心の声が口をついた。

「やってもいない犯罪行為をやったといい張る。それであなたになんの得があるの」

「私にはなんの得もありません」

なだめ行動なし。嘘ではない。

「なら誰の得になるの。もちろん、真犯人の得にはなるんだろうけど」

とはいえ橘にメリットがなさ過ぎる。かつては濡れ衣（ぎぬ）で不起訴だったが、今回は正真正銘の性犯罪者という十字架を背負うことになる。

「誰かに脅された？」

「まさか。そんなことはありません」これは事実。

「誰かをかばってる？」

「違います」

顔を横に振る直前に表れる、頷きのマイクロジェスチャー。

「誰かをかばっているのね」

「かばっていません」

「誰をかばっているの」

「勝手に話を進めないでください」

脅されているわけでもなく、自主的に誰かをかばう。そんなことをしてなんの得がある。金銭や恋愛感情が絡む犯罪ならなんとなく想像の余地もあるが、今回は強姦未遂だ。レイプ魔をかばい、ましてや自ら罪をかぶるのに、合理的な説明をつけられる行動原理などあるのだろうか。

「どういう目的かわからないけど、人生めちゃくちゃになるわよ」

「私の人生はとっくに終わっています。すべてを失ったし、刑務所にも入った。いまさら上向くことなど期待していないし、これ以上めちゃくちゃにもなりようがない。とっくに跡形もなく壊れています」

なだめ行動や不審なマイクロジェスチャーは、いっさい見当たらない。本心から人生を諦めているということか。

だとしても、いや、だとしたら――ここまで強い決意をもって他人をかばう意図が、余計に理解できない。

「綺麗ごとかもしれないけど、あなたの人生はまだ壊れきっていない。少なくとも、藤原監督はあなたが人生を立て直すのを期待している。あなたもその期待に応えようと思ったから、監督の紹介してくれた会社に就職したんじゃないの」

橘の顔から血の気が引いて、顔が白くなる。明らかな動揺。

「藤原監督をかばって……いる？」

いいながら自信がなくなってくる。いくら尊敬する恩師とはいえ、若い女性を強姦しようとしていたら幻滅するだろうし、それまでの感謝も敬意も吹き飛ぶだろう。

「いって良いことと悪いことがありますよ」

真っ直ぐにこちらを見据える橘の言葉に嘘はない。

「じゃあ誰をかばっているの」

「何度いわせるんですか。かばっていません」

絵麻はお手上げという感じに両手を広げ、椅子の背もたれに身を預けた。

「その言葉に嘘を示すマイクロジェスチャーが混じってるんだから、何度いわれても同じなのよね。だいたい強姦未遂なんて、好きこのんでかぶるような罪ではない。もっともどんな罪だって普通はかぶりたくないだろうけど、女性をレイプしようとしたなんて不名誉は、とくにいやじゃない」

「私だって好んで裁かれたいわけではありません。ただ本当のことを話しているだけです」

「それが嘘」

指さしたが、むっと唇を引き結んだ表情が返ってくるだけだった。

椅子の背もたれにもたれかかり、天井を見つめる。この人はいったいなにをしているんだという記録係の戸惑い混じりの視線を感じたが、それどころではない。

切り口を変えてみるか。上体を起こし、椅子に座り直した。

戦いにそなえて身がまえた橘の両肩が持ち上がる。

「桐島さん……だったっけ」

突然名前を呼ばれた記録係が、びくっと身体を波打たせ、振り返る。

「なんでしょう」

「現場付近の住宅地図って、あります？」

「住宅地図……ですか」

「はい。できれば大きいやつがいいんですけど」

「あると、思います」

「お借りできますか」

「かまいませんが」

そんなものなにに使うんですか。顔にそう書いてあったが、説明すると長くなる。

絵麻は合掌でお願いした。

「わかりました。持ってくるので待っていてもらえますか」

「ありがとうございます」

桐島がしきりに首をひねりながら部屋を出ていく。

「見ての通り、ちょっと待ってて」

橘は不信感を滲(にじ)ませながら、突飛な作戦に出た取調官を見つめていた。

5

桐島は五分ほどで戻ってきた。

「これでよかったですか」と折りたたまれた紙を差し出してくる。開いてみると、デスクの天板を占領するほどの大判の地図になった。

「じゅうぶんです」

指でOKサインを作ると、桐島が愛想笑いを残して記録係の席に戻る。

デスクの上に広げられた地図を見ながら、橘は汚いものを見るように顔を歪(ゆが)めた。

「さあ。始めましょうか」

「なにを、ですか」

声が怯(おび)えている。

「昨日のあなたの行動を確認させてもらうわね。仕事を終えて自宅最寄りの鵜の木駅に到着したのが午後六時過ぎ。間違いない？」

「間違いありません」

なだめ行動なし。絵麻は人さし指を地図上の鵜の木駅を示す場所に置いた。

「そこからの行動を、もう一度説明してくれる？」

「駅前の牛丼店で食事を済ませ、帰宅しました。その後、家を出たのが夜の十時過ぎです」

嘘ではない。

「あなたの自宅アパートの場所を教えてくれる？」

ええと、と、橘は地図上で視線を彷徨わせた後、一点を指さした。駅から十五分はかかるであろう立地だ。

絵麻は橘が示した場所に、人さし指を移動させる。

「夜十時過ぎに自宅を出て、犯行までしばらく時間があるわね。その間、どういうふうに移動したのか、教えてくれる？」

「さっき別の刑事さんに話しましたが、覚えていません。あてもなく近所を歩き回っていたんです」

「嘘ね」

視線を逸らすマイクロジェスチャーが頻繁に表れていた。

「嘘ではありません」

「自宅を出たあなたは、どっちに向かったの。真っ直ぐ？　右？　それとも左？」

「だから覚えていません」

「真っ直ぐね」

真っ直ぐ、という単語に反応して、こめかみがぴくりと動いた。緊張のせいで奥歯を噛みしめたのだ。

橘の顔に隠しようもない『驚き』が表れる。

絵麻は人さし指を次の分岐点まで移動させた。

「ここは右？　左？　真っ直ぐ？」

「知りません」

「はい。右」

右、という単語を聞いた瞬間、唇を内側に巻き込むようなしぐさが見られた。

ふたたび人さし指を次の分岐点まで移動させる。

「ここは二股に分かれてる。右？　左？」

橘は無視する戦術を選んだらしい。口角を下げて押し黙る。

無駄な抵抗だった。

「右ね」

橘の内心を読み取りながら、当日の足取りを辿っていく。

十分ほど作業を続けるうち、絵麻の人さし指は地図上のある場所に辿り着いた。

「丸子学園……？」

橘の表情を確認する。まぶたを限界まで開き、小鼻を膨らませ、青白くなった顔を見る限り、間違いない。

やはり恩師をかばっているのか。

いや、恩師の犯行を否定する際の橘には、いっさいのなだめ行動が見られなかった。

真犯人がかつての恩師であることはありえない。

ならば誰だ。

かつて濡れ衣を着せられ、キャリアを棒に振った元プロ野球選手が自ら罪をかぶってまでかばいたい相手。

ふいに閃きが駆け抜け、絵麻は息を呑んだ。

「そういうことか」

マジックミラーのほうを向いて、外に出ると合図を送る。

上手く意思が伝達できていたらしく、取調室を出ると筒井が廊下で待っていた。その隣には河本も控えている。初めて絵麻の取り調べを目の当たりにした河本は、幽霊を見るような顔をしていた。

「どういうことだ、楯岡。橘はなぜ丸子学園に向かった。まさか藤原監督が……」

「藤原監督ではありません」

二人は取り調べの経緯もしっかり見ていたようだ。

絵麻は筒井に耳打ちした。

血相を変えた筒井が、信じられないという顔でこちらを見る。

「お願いしていいですか」

「ああ。わかった。河本さん、行きましょう」

「どこに？」

「丸子学園です」

「どうして」

「説明は後で」

困惑する河本を引きずるようにして、筒井が歩き出した。

6

休憩を挟んで取り調べを再開したのは、二時間後のことだった。

魔法のように内心を読み取る女刑事にたいして、橘はよりかたくなになったようだった。広い肩を持ち上げ、デスクの一点を睨みつけている。

しかしもはや、被疑者の態度は関係ない。

絵麻は腰を下ろすなり、切り出した。

「うちの刑事に、丸子学園に行ってもらった」

橘がはっと顔を上げる。

「藤原監督、すごくがっかりしていたって。高校に入学したときのあなたを見たとき、けっして才能の豊かな子ではないと感じたそう。けれどあなたは、ひたむきな努力で才能をカバーし、エースに昇り詰めた。そして藤原監督に初めての日本一という栄冠を授けた。高校時代のあなたを見ている身としては、ふたたび立ち直ってくれると期待するしかなかった、だから住まいも仕事も世話をした。それなのにあなたは道を踏み外した。あなたの逮捕を聞いて、相当落ち込んでいたみたい。なにかの間違いじゃないかと思ったとも話したそうよ。藤原監督は、いつかあなたに指導者の道を歩んでほしいと期待していた。だからあなたの仕事が休みの日には、野球部の指導をさせることもあった。心の底からあなたを信じて、期待していた」

橘の視線は次第に落ち、最後には完全にうつむいていた。こみ上げる感情を抑えつけるように、ときおりぐっと全身に力を込める。

「あなたに裏切られたことで、藤原監督は本当に落ち込んでいた。だから同僚にこう伝えてもらった。橘俊太郎は監督の期待を裏切ったわけではありません……って。ただし、あなたの教え子の中に、あなたの期待を裏切った子がいます」

顔を上げた橘には明白な『怒り』が浮かんでいた。余計なことをするなといわんばかりの表情だ。

絵麻はデスクに両肘をつき、両手の指先同士を合わせる『尖塔のポーズ』で応じる。

「なに、なにかいいたいことがある？」

「やったのは、私だ」

「往生際が悪いわね。そのガッツ、プロ野球をクビになった時点で発揮するべきだったんじゃないの」

「うるさい。あんたになにがわかる」

「わかるわけないじゃない。わかりたくもないし。じゃあ訊くけど、あなたには他人がわかるの？　ほかの人はみんな挫折を知らずに、恵まれた環境で安穏に生きていると思っているの？」

橘が顔を歪める。

が、続く絵麻の言葉を聞いて、驚愕に目を見開いた。

「野球部員の田中理人が犯行を自供したそうよ」

7

橘俊太郎は自宅アパートを出た。

住宅地を二十分ほど歩くと丸子学園の校舎が見えてくる。野球部の寮は塀越しにぐるりと回り込んだ場所にあり、学校の敷地と隣接している。もともと民家だった土地が売りに出たのを、野球部強化に熱心な理事長が買い取って寮にしたのだと、藤原監督が話していた。

寮は四階建ての鉄筋コンクリート造。一見すると普通のマンションのようだ。ほとんどの部屋はすでに消灯しているが、ちらほら灯りの点いている部屋もあった。

エントランスの出入りが見渡せる場所に陣取り、じっと目を凝らす。すでに三日連続で同じことをしていた。

先日参加した野球部の練習中に、部員たちが女性の話をしているのを聞いたのだ。断片的だったので詳細まではわからないが、女性を寮の部屋に連れ込んでいるのではと疑わしくなる内容だった。野球部に男女交際を禁じる前時代的な規則はないが、寮が女人禁制なのは当然だ。監督に報告しようかとも考えたが、やってもいない罪で罰せられる辛(つら)さは、橘自身よくわかっている。報告するのは自分の目で現場を確認し、証拠を押さえてからにしようと思っていた。

エントランスを見つめながら、離ればなれになった息子のことを思い出した。もうすぐ十歳になるはずだが、橘の記憶ではよちよちと歩く幼児のままだ。離婚して以来、元妻とは連絡を取っていないし、息子とも会っていない。

転落のきっかけは、間違いなく濡れ衣だった。だがここまで堕ちた原因は、間違いなく自分の弱さにある。自暴自棄にならずに前を向く努力をしていれば、定期的に息子に会えるぐらいの関係を築けたかもしれない。いまではもし向こうから会いたいといってきたところで、会わせる顔がない。華やかなプロ野球選手が、いまや安アパート暮らしの前科者だ。居酒屋で絡んできた酔客に「人生の敗戦処理はしっかりやれ」とからかわれ、かっとなって暴力を振るってしまった。プロ野球界を追われた事件は無実でも、取り返しのつかない状況を作ったのは、まぎれもなく自分自身だった。

そんな自分に手を差し伸べてくれたのが、高校時代の恩師だった。服役中に何度も面会に来てくれ、出所後は住まいや仕事の面倒までみてくれた。なによりありがたいのは、また野球にかかわる機会をくれたことだ。白球を追いかける球児たちを見ながら、自らノックバットを振るいながら、ふたたび生きる気力が湧いてくるのを感じた。そして自分の間違いに気づいた。プロでなくなっても、野球人生が終わりになるわけではない。独立リーグでも実業団でも、アマチュアの草野球でも、野球を続ける道はあった。続けるべきだった。

張り込み開始から三十分ほど経ったとき、エントランスから人影が出てきた。ニットキャップにオーバーサイズのスタジアムジャンパーとカーゴパンツという今ふうの服装をした人影が誰なのか、離れた位置からはわからない。

人影は駅のほうに向かって歩き出した。橘は少し距離を置いて尾行する。

尾行を開始してほどなく、前方のシルエットと記憶が結びついた。

三年の田中理人。丸子学園の絶対的なエースピッチャー。最速一五〇キロのストレートを四隅にコントロールよく投げ分け、打者としても高校通算三十二本のホームランを放っている、プロ注目の選手だ。雑誌で何度か取り上げられたことがあり、練習試合を複数球団のスカウトが視察に訪れている。最後の夏の大会の結果次第では、上位指名もありうる逸材だった。

――高校時代のおまえを見ているみたいじゃないか？

田中の投球練習に目を細めながら、藤原監督は橘にそういった。

橘はこう答えた。

――私なんか比較になりません。彼はものが違います。

偽らざる本心だった。生来の才能でトップに立つ者と、血の滲むような努力を経てそこに辿り着く者とでは、ポテンシャルに差がありすぎる。橘は努力に努力を重ねてなんとかプロの世界に潜り込めたが、田中からは、プロの世界で頂点に昇り詰めるだけの才能を感じた。チームスポーツなので一人が突出しているだけで勝てるとは限らないが、上手く投打の歯車が嚙み合えば、藤原監督にとって二度目の全国制覇が現実的になる。

だが、危うい――田中の広い背中を追いながら、橘は思う。

田中には、突出した才能ゆえの慢心があった。チームは彼抜きでは成り立たない。それがわかっているから、本人も傲慢になる。練習中には後輩だけでなく同級生までも、顎で使うような場面が垣間見えた。たしかに彼には光るものがある。しかし現時点ではそれだけだ。高校レベルでは天狗でいられても、より高いレベルでのプレーを望むのであれば、その態度では通用しない。

夜遅くに寮を抜け出す行動も、慢心の表れだろう。ちょっとコンビニに買い物に行く、という程度の外出ではなさそうだ。すでにコンビニの前を素通りしている。

ふいに田中が踵を返し、心臓が止まりそうになった。だが幸いなことに、田中の意識はこっちに向いていない。四つ辻を曲がるふりをしてやり過ごした。

尾行を再開する。田中はなぜ急に方向転換したのか。

しばらく歩くうちに、その理由がわかってきた。

田中の前方を、若い女が歩いている。若いといっても二十代半ばぐらいに見えるから、田中から見れば年上だ。スカートスーツでバッグを肩にかけて歩く姿から、仕事帰りと察せられる。鵜の木駅から自宅に向かっているのか。

おいおい、やめてくれよ。

歩きながら心の中で念じていた。てっきり同年代の友人か恋人と合流して遊ぶのかと思っていたが、夜道で通行人をナンパしようとするとは。成功するとはとても思えないし、下手をすれば不審者扱いで警察に通報されかねない。ただでさえ、およそ一週間前に近辺のアパートが火事になり、あれは放火だったと噂になっているのだ。

しかし橘の予想に反して、田中は女性に声をかけようとしない。誤解だったのか、たまたま同じ方向に歩いているだけか。そうも考えたが、どうにも雲行きが怪しい。田中は明らかに女性の後をつけている。

しばらく歩いて、女性はアパートの外階段をのぼり、部屋の扉の前で立ち止まった。バッグを開き、鍵を取り出そうとする。そこが女性の住まいらしい。

よかった。田中がいきなり女性に抱きついたりしないか、ひやひやしながら見守っていた。行動自体は怪しさ満載だが、なにかしら犯罪行為に及んだわけではない。

と、思った次の瞬間だった。

突如として駆け出した田中が、猛然と外階段を駆け上がり、女性を後ろから抱きすくめた。開きかけた扉の隙間から部屋に押し入り、扉を閉める。

あまりに衝撃的な光景で、理解が追いつかなかった。実は二人は知り合いだった？女性が田中を招き入れた？　さまざまな都合の良い解釈が脳裏をよぎる。

どれも違う。田中は女性の部屋に押し入った。強姦する気だ。

橘は地面を蹴った。女性の部屋の扉の前に立ち、耳を澄ませる。バタバタと争うような音が聞こえた。

ドアチャイムを鳴らし、扉を小刻みにノックした。

すると音がやんだ。田中が息を殺すのはわかるが、女性が声も物音も立てないのはどういうわけだ。

とにかく変な真似をやめさせなければ。しばらくノックを続けたが、扉は開かない。

居留守でやり過ごすつもりか。

しかたなく扉越しに声をかけた。

「開けろ。おれだ」

不思議と扉越しでも驚きが伝わってきた。

やがて扉が開き、隙間から田中が顔を覗かせる。

「コーチ……なんで」

橘は田中を押しのけ、玄関に立った。

思わず息を呑む。

暗い部屋に女性が横たわっていた。着衣が乱れ、頭には黒いナイロン袋をかぶせられている。

「なにをした」

まさか、殺したのか？

「頭、打っちゃって……そんなつもりじゃなかったんだけど」

怪我をさせるつもりはなく、強姦だけするつもりだったっていうのか。

かっと頭に血が上ったが、懸命に感情を呑み込んだ。

しゃがみ込んで確認すると、ナイロン袋の女性の口の部分にあたる生地が、膨らんだり萎んだりを繰り返している。よかった。生きている。救急車を呼ぼうとスマートフォンを取り出したものの、指の動きが止まった。

いま、救急車を呼んでありのままを説明すれば、チームは大黒柱を失うことになる。田中は恩師に二度目の全国制覇をプレゼントできるかもしれない、プロでも橘を越える成績を残せるかもしれない、逸材だ。

いいのか、その可能性を潰してしまって。

前途ある若者の未来を、競争から弾かれて底辺まで転がり落ちた落伍者の自分が。

葛藤した挙げ句、橘はスマートフォンをしまった。

行け、と、田中に顎をしゃくる。

田中は逡巡を見せながらも、コーチの指示に従った。駆け足が遠ざかっていく。

女性の頭にかぶさったナイロン袋を外し、ポケットにしまう。女性の口から漏れていた呻きが、次第にはっきりした声に近づいてくる。脳震とうか。ほどなく意識が戻るだろう。

田中を逃がしたはいいものの、この状況をどう解決するかだ。意識が戻った女性は、間違いなく警察に通報する。無計画で行き当たりばったりな犯行に及んだ高校生が、捜査の手から逃げおおせるとは、とても思えない。

だとしたら、田中とは別に犯人を作ればいい。押し入ったと同時にナイロン袋をかぶせて目隠ししたのであれば、顔ははっきりと見られていない。自分と田中は体格にも大差ないし、犯人が捕まってしまえばそれ以上捜査することもないだろう。

橘は周囲を見回した。女性のそばにバッグが落ちている。強姦目的で押し入った犯人が、被害者が昏倒(こんとう)して意識を失ったにもかかわらず、犯行を完遂せず、なにも盗(と)らずに逃走するのは不自然だ。

すまない。頭の中で詫(わ)びながらバッグを開け、財布を盗った。

「うう……なに、を……」

女性の意識が戻りかけている。

橘は慌てて部屋を飛び出し、住宅街を走った。

今度こそ、本当に人生が終わった。

8

「藤原監督に、もう一度全国制覇してほしかったんです。すみませんでした」

橘の両目から涙があふれ出した。肩を震わせて嗚咽する。

絵麻はその様子をひややかに見つめていた。

「健全な精神は健全な肉体に宿るなんて、嘘っぱちよね。教え子の強姦未遂まで隠蔽しようとする究極の隠蔽体質じゃない。クソ・オブ・クソ」

しゃくり上げながらこちらを見上げた橘の瞳が、反発の色を帯びる。

「田中には才能があった。日本のプロ野球どころか、メジャーで活躍できる可能性を秘めていた。その才能を埋もれさせるわけには、可能性の芽を摘むわけにはいかなかった」

「あきれた」絵麻は両手を広げる。

「才能があるからなにをしても許すべきだっていうの。犯罪行為に及んで、誰かを傷つけることがあったとしても、被害者に泣き寝入りしろっていうの」

「過ちは誰にでもある。セカンドチャンスが与えられるべきだ」

「誰だって間違いを犯すし、意図せずに他人を傷つけてしまうことだってある。過ちを犯した人間に、社会は寛容であるべきだという意見も、わからないでもない。だけど少なくともセカンドチャンスを与えるのは、罪を犯した当人が償って、過去の行いを反省して、変わろうとする姿勢を見せてからじゃない。その前提がないと、ただ甘やかすだけになる。その意味では、あなたが田中から更生の機会を奪ったともいえる」

「一度逮捕されてしまえば、田中にチャンスはもう訪れない。ドラフト指名はされないだろうし、いきなりメジャーに挑戦しようとしても、犯罪歴がネックになって契約を勝ち取れない。あれだけの才能が挑戦すら許されないなんて、野球界にとっての損失です」

絵麻は乱暴に髪の毛をかきむしった。

「あなたさ、野球しかやってこなかったせいで、視野狭窄に陥ってるわよね。野球の才能があるかないかだけで、人間の価値を判断するようになってる。あなたにとって野球はすごく大事、野球のために生きている、野球がなくなったら生きる価値すらない。その考えを否定するつもりはないけど、他人にその価値観を押しつけるべきではない。あなたにとっての野球が、サッカーやバスケの人も、化学や数学の人も、映画やアニメやスマホゲームの人だっている。この世の中は、いろんな価値観の人で構成されている。だから法律が存在するの。人によって大事なものは違うけれど、最低限、他人を尊重して傷つけないようにしましょうという決めごと。なにかに秀でているだけでルール破りを許容しなければいけないのであれば、社会そのものが成立しない。それこそ良い映画を撮る監督だからとか、お笑い芸人としてすぐれているから、多少の性加害は許容されるべきなんて暴論がまかり通る」

「でも田中の才能は本当に――」

絵麻は手の平を向け、橘を黙らせた。

「たかが野球じゃない」

橘の顔がみるみる赤く染まる。

絵麻は後ろに身体を反らし、伸びをしながらいった。

「噛んで含めるように話しているのに、わからないかな。みんなあなたと同じではない。世界の中心に野球があるわけじゃないの。野球がなくても世界は回るし、人生は続く。それがわからないから、奥さんにも逃げられたんじゃないの。野球がなくなっただけで人生が終わったみたいに振る舞われてたら、一緒に生きていく自信がなくなっても当然よ。奥さんに信じてもらえなかったんじゃなくて、悲劇のヒーロー気取りで家族を顧みようとしない姿勢に失望されたんじゃないの」

怒りに打ち震える橘から視線を外し、絵麻は椅子を引いた。

「じゃ、後はよろしく」

「わかりました」

記録係の桐島が振り返る。

席を離れようとして、ふと思い出し、橘を見た。

「念のために訊いておくけど、放火してないわよね」

「え？」

訊き返す表情で、なんの情報も持っていないのがわかる。

「わかった。ありがとう」

絵麻は手をひらひらとさせて会話を打ち切り、取調室を出た。

9

「本当にありがとうございました」

鶉の木署を出ようとした絵麻と筒井に、河本が深々と頭を下げた。

「いいえ。出過ぎた真似をしてすみません」

絵麻は軽く手を振る。

「出過ぎた真似だなんて。楯岡さんがいなかったら、橘の主張通りに供述調書を作って送検しているところでした。冤罪を生み出さずに済みました」

「かりにそうなっていても、橘が無実を主張することはなかったと思いますけど」

絵麻の意見に筒井も同調する。

「他人がやらかした強姦未遂の罪をかぶろうとするやつがいるなんて、普通は想像もつきません。しかも物証まであるんだから」

「だからこそ、です。それが本望だとしても、やってもいない罪で服役するなんてあってはなりません。法治国家にたいする挑戦であり、司法への冒瀆（ぼうとく）です。橘の嘘を見抜けて、本当によかった」

河本は二人の刑事を交互に見た。

「被害者の容態は」

絵麻は訊いた。

「田中に襲われた際に頭を強く打ったものの、精密検査の結果は異常なしだったようです。今日にも退院できると聞きました」

「それはよかった」

筒井が自分の胸に手をあてる。

「ＰＴＳＤが心配ですが」

絵麻の言葉に、河本が頷く。

「ええ。自宅に入ろうとしたときに見知らぬ男に襲われたんですから、一人で夜道を歩くのも怖くなるでしょう」

「そうだな。犯人を逮捕できてよかったと、単純に片付けられる話じゃなかった」

筒井が自らを恥じるように後頭部をかく。

「まあでも、事件を解決できたのは良いことです」

河本が慌ててフォローする。

「筒井さんの娘さんも、年ごろですからね。被害女性と娘さんを重ねたんでしょう」

絵麻が言い、筒井が複雑そうに顔を歪めた。

「年ごろといえば、そうなんだろうが」

「そうだったんですか。娘さん、いくつですか」

「今年大学受験です」

「うちも同じです」

河本が自分を指さす。

「そうでしたか」

「高校を出たら一人暮らししたいといってるんですが、今回みたいな事件を担当すると、素直に送り出してやれないというか」

「そうですね。本当に。うちも似たようなものです」

「お互い大変ですね」

「ええ。子どもが大学を出るまでは踏ん張らないと」

なんとなく空気を取り繕い、鵜の木署を後にした。

駅に向かって歩いている途中で、筒井がぼそりと口を開く。

「変なしぐさ、出ていたか」

絵麻は隣を一瞥した。筒井は口角を引き下げ、不機嫌そうな表情で歩いている。こちらを見ようとしない。

「武士の情けで触れないようにしようと思っていたんですけど」

「おまえなんぞに情けをかけてもらうほど、落ちぶれちゃいない」

「娘さんの話をするとき、やたらと視線が泳いでいました。首もとを撫で回すなだめ行動もあったし、まぶたや頬の痙攣も——」

「わかった。もういい」と手を振って遮られた。筒井が立ち止まる。

「家を出た。家族と別居している」

　さすがに驚いた。

「なだめ行動は、ないみたいですね」

「あるわけがない。真実だ」

「すみません」

「なんで謝る」

「聡美（さとみ）ちゃんの話題を振ったの、私だから」

　聡美というのが、筒井の娘の名前だ。

　ふっ、と鼻で笑われた。

「エンマ様に憐（あわ）れまれるようになったら、おしまいだな。おれもヤキが回ってきたかもしれない」

「綿貫は、このことを？」

筒井はかぶりを振った。

「いってない。いえねえよ。この歳で離婚切り出されて、判を押す押さないで揉めてるなんて」

「でも熟年離婚はブームみたいですよ」

「ブームか」筒井が苦々しい顔をした。「ブームに乗っかってやるものなのかね、離婚ってのは」

「奥さんが家を出たんですか。それとも、筒井さんが？」

「おれが出た。あいつが出るって話だったんだが、聡美のやつも一緒に出ていくっていい出したもんでな。おれと二人っきりなんて地獄なんだと……まあ、おれも同じだがな。もう何年もまともに口利いてないし、二人きりで残されてもどうしていいかわからない。だからおれが出た」

「いまどこで寝泊まりしてるんですか」

「ビジネスホテルとか、署の宿直室とか」

「ホームレスじゃないですか」

つい噴き出してしまった。

「なにがおもしろい。ぜんぜん笑えないぞ」

当人にとってはそうだろう。懸命に笑いを呑み込む。

「奥さんはなにが不満だったんですか」

「知らねえよ」と吐き捨てた後で、ふてくされたように呟く。

「それがわかれば苦労しない」

「なんだか筒井さんが急にお爺ちゃんに見えてきました」

「いっておくが、おれだけじゃなく、おまえも歳を取ってるんだからな」

鼻に皺を寄せる強面も、無理に演じているように見えてくる。

「奥さんと話し合い、できていないんですか」

「話し合おうとしたんだが、無駄だっていわれてな。いまさら話し合うつもりはないらしい。これまで散々我慢してきたから、今後は好きなことをして生きていきたいんだとよ」

「家事や子育てを押しつけられていた妻のフラストレーションが、子育てが一段落したタイミングで爆発する。よくある熟年離婚のパターンですね」

「家族のために必死に働いてきたっていうのに」

筒井が頭を抱える。

「それもよくありすぎる夫の言い分」

「うるせえんだよ」

殴る真似をされた。

「聡美ちゃんはどう思っているんだろう」

「さあな。どうでもいいって思ってるんじゃないか。大学に入ったら、一人暮らしするつもりみたいだし」

筒井が自分の肩を揉むしぐさで、心理的防壁を作る。なにか後ろめたいことがあるのだ。

「もしかして筒井さん、聡美ちゃんの進路について奥さんから相談されたんじゃないですか。一人暮らしをしたいといってるんだけど、都内の大学に通うのならそんな必要はないんだから、聡美と話してみてくれない？　……という感じで」

図星らしい。筒井が視線を逸らす。

「おれよりあいつのほうが話しやすいだろ。おれなんか、最後に聡美とまともに話したの何年前だよ」

「そうはいっても、話そうとする努力すらしてくれなかった」

「このところ忙しかったからな」

弁解しながら大儀そうに首をまわしている。

「なんとなく、理由が見えてきましたね」

「おれが悪いのか」

「悪くないと思ってるんですか」

筒井が唇を曲げた。

「謝ったら、許してもらえるかな」

どう答えるべきだろう。いろいろ考えたが、正直に話すのが筒井のためだろう。

「謝る必要はあるけど、許してもらうために謝るべきじゃないと思います。長年にわたってため込んだ不満が爆発したのなら、関係修復は手遅れです。もし謝った結果、奥さんが関係修復を望んでくれたらラッキーだけど、そうならなかったら、潔く結果を受け入れるべきです。別居を望んでいるなら、家を出る。離婚を望んでいるのなら、判を押す。それがいちばんのやさしさだし、これまでの感謝の示し方だと思います」

「相変わらず容赦ないな」

筒井が顔を歪め、苦笑する。

「変に希望を持たせると、熟年ストーカーを作り出しかねませんから」

「そんなつもりはないんだがな」

だが相手がどう感じるかはわからない。筒井もたぶん理解している。しばらく無言で歩き、苦しげに言葉を絞り出した。

「もうちょっと時間が欲しい。向こうはずっと機会をうかがっていたのかもしれないが、おれにとっては寝耳に水だった」

　これ以上、絵麻からかける言葉はない。

　筒井はさっきまでより歩幅の狭い、とぼとぼとした頼りない歩き方になって、哀愁が増していた。

　鵜の木駅に到着した。改札をくぐってホームに出る。

　電車を待っている途中で、ふと思い出した。

「『信州』」

「あ？」

「有楽町の立ち食いそば。たしか今日までの営業だったんです。筒井さんも行ったことあるんじゃないですか」

　店の場所を説明すると、筒井は「ああ」と目を見開いた。

「あそこ、閉まるのか。美味かったのに」

「西野と行く約束をしてたんだった」

「もう昼時はとっくに過ぎてるぞ。あいつもなんか適当に食ってるだろう」

「いまから行けば、駆け込みで間に合うかな」

　スマートフォンで時刻を確認する。ギリギリのタイミングだ。

「不本意ですけど筒井さん、一緒に行きませんか」

「誘うのなら相手が不愉快に感じるような枕詞（まくらことば）をつけるな」

「よし、決まり」

絵麻は電光掲示板を見上げた。次の電車の発車時刻は五分後だ。

意外と待たされるなと思いながら視線を戻すと、筒井がスマートフォンを取り出していた。電話がかかってきたらしい。液晶画面を見つめ、不可解そうに首をひねりながら応答する。

「もしもし。なんだ」

つっけんどんな口調で、妻からだと直感した。まったく、そんな接し方だから奥さんがいいたいこともいえず、ストレスを溜め込むんじゃないか。

筒井もかわいそうだけど、結婚以来ずっとこうだったのなら、いまから変わるのは難しい。奥さんの決断は正解かもしれないなあ。

ぼんやり考えていると、筒井が突如、大声を上げた。

「なに？　聡美が？」

ああ……ああ……ああ。

相槌を打つたびに、筒井の全身に力がこもり、声が固くなっていく。

いったいなにが起こった？

通話を終えた筒井が、電光掲示板を見上げる。

「電車はまだか」

「筒井さん、どうしたんですか」

「あと何分だ」

視線は電光掲示板を見ているようで、焦点が合っていない。

「筒井さん、なにがあったんですか。教えてください」

だが筒井の耳には届いていないようだ。ただならぬ様子の二人を、ホームに居合わせたほかの利用客が遠巻きに見ている。

絵麻は筒井の頰を平手打ちした。

乾いた音が夕暮れのホームに響いた。

「なにしやがる」

横を向いた筒井の視線が戻ってきたときには、少し正気を取り戻したようだった。

「しっかりしてください。聡美ちゃんになにがあったんですか」

「刺された……」

「は？」

「聡美が、刺された」

ホームに電車が滑り込んできた。

10

病院の受付で来意を告げ、手術室を目指す。すれ違う看護師から「走らないでください」と注意されても、筒井は止まらない。絵麻は少し離れて筒井を追った。

角を曲がると、廊下の先のベンチに女性が腰かけていた。筒井を認めて立ち上がり、歩み寄ってくる。丸顔で頬の肉のふっくらとしたおおらかそうな雰囲気の彼女を、絵麻は写真で見たことがあった。筒井の妻だ。たしか和恵（かずえ）という名前だった。

「聡美は」

筒井は肩で息をしていた。

「いま手術してる」

「どういうことだ。なんで聡美が……」

「それはこっちが聞きたい。あなたいったい、なにやってるの。どんな危ない事件に首を突っ込んでるの」

和恵が顔のパーツ一つ一つに力を込め、怒りを表現する。

「なんでそういう話になる」

思わぬ方向から攻撃され、筒井がたじろいだ。

そのとき、スーツの男二人組が歩み寄ってきた。

「南豊島（みなみとしま）署の秋本（あきもと）です」

名乗る前から、警察官だというのは匂いでわかった。秋本がもう一人の男に顎をしゃくり、「こっちは伊東（いとう）」と紹介する。

筒井が素性を告げようとするのを、秋本が先回りする。

「捜一の刑事さんだとか」

「ええ。そうです。こっちは同僚の――」

「楯岡です」

絵麻に目礼し、秋本は筒井に視線を戻した。

「聡美さんは学校からアルバイト先のファストフード店に向かう途中の豊島区千早（ちはや）一丁目の路上で、何者かに背後から刃物で刺されました。犯人は現在も逃走中です」

「たまたま通りかかった通行人の女性が悲鳴を上げたところ、犯人は現場から走り去ったそうです」

伊東が情報を補足する。

「目撃者がいるんですね」

筒井が二人の刑事を見る。

伊東が手帳を開いた。

「身長はおよそ一七〇センチ。だぼっとした服を着ていたので体型はわかりにくかったようですが、太りすぎでも痩せすぎでもなく、中肉中背」

「歳は」

筒井は完全に刑事の顔になっていた。

「わかりません。キャップにサングラスで顔を隠していたそうです」

「それじゃ情報がないのと変わらないじゃないか」

畜生っ、と小さく吐き捨てる。

「ですからいろいろとお話をうかがいたいと思いまして。奥さまにもうかがいましたが、最近、聡美さんの様子に変わったところは？」

秋本がいう。

「ありません」

いったんそういって、気まずそうに訂正する。「実をいうと、わからんのです。先月家を出て、家族とは別居しています。それ以前から、娘と口を利くことはほとんどなくなっていました。ですから妻の知る以上の情報は提供できません」

「人間関係のトラブルを抱えていたということは、ぜったいにありません」

妻が会話に加わってきた。どういうわけか般若（はんにゃ）のような形相で夫を見上げる。

「奥さん、いまは旦那さんに話をうかがっています」

伊東のやんわりとした警告に、まったく効果はなかった。全身から怒気を立ちのぼらせながら、夫に詰め寄る。

「あの子は私には、なんでも話してくれました。誰かと揉めていたり、恨まれていたり、ストーカー被害に悩まされていたりするようなことがあれば、ぜったいに相談したはずです。だからあの子自身に原因はありません。あなたが悪いのよ。あなたのせいよ」

「さっきからなんだ」さすがに黙っていられなくなったらしく、筒井が反撃する。

「いくらコミュニケーションが取れていたからって、子どものことをすべてわかっていると考えるのは思い上がりだ。子どもには子どもの世界がある」

「へえっ。わかったような口を利くじゃない。いつもそうやって犯罪者にえらそうに説教してるの」

「説教じゃない。おれがいっているのは一般論だ」

「その一般論ってやつを、あの子にも聞かせてやったらよかったのに。家ではいつも不機嫌そうに黙り込んで、あの子と二人きりになったら部屋を出て会話を避けて」

「最初に無視したのは、聡美のほうだ」

「だから自分も無視して逃げ回るっていうの。粘り強く会話しようとするのが親じゃないの」

「何度も会話しようとしたさ」

「でも諦めたじゃない。最後に会話しようとしたのは、何年前よ」

「あいつが迷惑そうにするからだ。おれが悪いのか」

「お二人とも落ち着いてください」

秋本は困惑しながら二人をなだめた。

「あの子がなんらかのトラブルを抱えていた事実はありません。原因はたぶん、この人です」

妻に顎をしゃくられ、夫が声を荒らげる。

「だからどうしておれが原因になる」

「なにか変な事件に首を突っ込んで、頭のおかしな犯罪者から逆恨みされたに違いありません。この人、家族より犯罪者と過ごすのが好きですから」

「おれは家族のために——」

「もっともらしい御託を並べてるけど、家族の本当の望みを無視してるじゃない。なにが家族のためよ。自分が楽しいから仕事に没頭してるだけでしょう。家族をいい訳に使わないでよ」

核心を衝かれたらしく、筒井から漏れたのは、ぐっという唸りだけだった。

「奥さん、ちょっと落ち着きましょう」

駆けつけた女性警官に肩を抱かれて誘導されながら、妻は肩を震わせていた。

「なんなんだ、いったい。わけがわからない」

筒井が妻の背中を睨みながら首をひねる。

「いや、実は――」と、秋本が明かした。

「救急車を呼んだ目撃者によれば、犯人が立ち去る際、聡美さんに向かって捨て台詞を吐いたそうなんです」

「なんといったんですか」

絵麻の質問に答えたのは、伊東だった。

「手を引け……と聞こえたそうです」

筒井の息を呑む気配が伝わってきた。

「はっきりそういった、というわけではありません。異常な状況で目撃者も混乱していたでしょうし、耳にした音声を思い返して頭の中でつなげてみると、そう聞こえたような気がするというだけです。奥さまから見て聡美さん自身がトラブルを抱えていた事実はないようですし、筒井さんの職業と結びつけてしまっ……えっ？」

秋本が話の途中で声を上げたのは、筒井が走り出したからだった。

「失礼します」と、絵麻も後を追う。

「筒井さん！　待って！」

呼びかけが虚しく響く。

猛然と廊下を走る男の勢いに押しのけられるように、病院職員や患者たちが道を空けた。

筒井は玄関から外に飛び出し、タクシー乗り場に並んでいた客待ちの車両に乗り込んだ。

絵麻が追いついたときには、ちょうど発車するところだった。次のタクシーに乗り込み、前の車を追ってくれと伝える。

筒井の行き先は予想がつく。ただ絵麻の腕力では、いまの筒井を止めることはできない。

しかたがない。

スマートフォンを取り出し、メモリーから西野の番号を呼び出した。

第二話

種も仕掛けも全部ある

1

筒井の乗ったタクシーは予想通り飯田橋に向かった。目白通りに入り、古びた一棟の前で停車する。

『亜細亜文芸社』は楠木ゆりかの夫・畑中尚芳の勤務先だ。娘を襲った犯人の「手を引け」という捨て台詞を、楠木からのメッセージと解釈したのだろう。

刑事から捨て台詞の話を聞かされたとき、絵麻もまずその可能性を考えた。琴莉のアパートへの放火からおよそ一週間後に、筒井の娘が襲撃された。楠木は刑事たち本人ではなく、刑事たちが大事にしている存在を攻撃することで、精神的ダメージを与えようとしている。もしもこの推理が当たっていたら、筒井を見る限り効果は絶大だ。

タクシーをおりた筒井は、『亜細亜文芸社』の社屋に向かって大股で歩いていく。いからせた両肩から湯気が立ちのぼりそうな剣幕だ。タクシー移動の時間にも怒りの熱を冷ます効果はなく、むしろより熱くなっているようだった。

絵麻も急いで運賃の支払いを済ませ、筒井を追った。社屋の前に二人の男を見つけ、安堵する。

西野と綿貫だった。先回りして待ち受けていたようだ。二人横並びになって筒井の進路に立ち塞がる。

「こんなところでなにしてる。どけ」

筒井は二人の間を強引に通過しようとしたが、さすがに男二人相手だと分が悪い。ようやく歩みが止まった。

「筒井さん、なにをする気ですか」

綿貫の声は悲壮感を帯びている。

「おまえらには関係ない」

「そんなこといわないでください。水くさいですよ」

西野は泣きそうな顔を、筒井だけでなくその後ろに立ち尽くす絵麻にも向けた。どうして隠してたんですか。おれたちを信用できませんでしたか。真っ直ぐに問いかけられている気がして、絵麻は視線を逸らしてしまう。

「あの男が関係しているに違いないんだ」

筒井が『亜細亜文芸社』の社屋を顎でしゃくる。

「かりにそうだとしても、いきなり職場に押しかけてなにをするつもりですか。下手したら筒井さんが逮捕されますよ」

綿貫は懸命に訴えるが、筒井の怒りは収まらない。

「逮捕するならすればいい。ただし、おれがあいつをぶっ殺してからだ」

「冷静になりましょう。あんな男に、筒井さんの人生を棒に振るほどの価値なんてありません」

西野の言葉に、絵麻も賛同した。

「そうです。だいいち、聡美ちゃんの事件に畑中がなんらかのかたちで関与していたとしても、畑中が実行犯とは限りません。その場合、筒井さんが畑中を殺したとしても、実行犯は野放しなんです。畑中が死ねば、真犯人につながる糸も途切れる」

これには少し心が動いたようだ。筒井の勢いが少しだけ落ちる。

「なら話を聞く。それだけだ。それならかまわないだろう」

西野と綿貫が互いの顔を見合う。筒井の言葉を信じていいものかどうか迷っている。

「かまいませんけど」

「それにしても、日をあらためたほうが」

「そうですよ。アポイントも取っていないんですから」

「いま会社にいるかすらわかりません」

二人の必死な説得でようやく落ち着きを取り戻しつつあった筒井だが、ふいに爆発して大声を上げた。

「おい！　きさま！」

タイミングの悪いことに、社屋から畑中が出てきたのだ。相変わらず貧相な身体に合わないオーバーサイズのジャケットを羽織り、猫背気味に歩いている。

「畑中！」と筒井に名前を呼ばれ、畑中がこちらを見る。『驚き』と『恐怖』を湛えながら、おろおろと視線を泳がせた。

隙をついて後輩たちの拘束から逃れた筒井が、畑中に駆け寄って襟首をつかんだ。

「きさま！　よくものうのうと！」

「ななな、なんですか」

「とぼけるな！　なんの話かわかってるだろう」

「わかりません。説明していただけますか」

「おまえがやったのか！」

「だからなんの話ですか」

「おまえがやったんだろ！　さっさと吐け！」

「やってない！」

絵麻の言葉に、筒井が弾かれたように振り返る。

「今回の件に畑中はかかわっていません」

おまえがやったのか、という筒井の問いかけにたいして、肯定を示すマイクロジェスチャーはいっさい見られなかった。本当に筒井の質問の意図が理解できていない。

絵麻は畑中に歩み寄った。

「坂口琴莉さん、知ってるわね」

畑中がちらりと西野を見る。

「もちろんだ。西野さんの婚約者だろう」

「彼女のアパートが放火されたことは？」

「そうなんですか。ぜんぜん知らなかった」

そこまでいって、自分に疑いが向けられているのに気づいたらしい。大きくかぶりを振る。

「違う。私じゃない」

「誰かに指示を出して、放火させてもいない？」

「天地神明に誓ってやってない。信じてくれ」

両手を広げて潔白を訴える畑中に、不審なしぐさは見当たらなかった。

絵麻は筒井を振り返る。

「嘘はついていません」

筒井はむっと口角を引き下げたまま、黙り込んでいる。

絵麻は畑中に視線を戻した。

「もう一つ。筒井聡美さんという名前に心当たりは？」

かぶりを振るしぐさが返ってくる。

「知らない。筒井……ってことは、筒井巡査部長のご家族か？」

「本当に知らないのか」

筒井が訊ねる。

「知りませんよ。誰なんですか、それは」

「おれの娘だ。さっき何者かに刺されて、救急搬送された」

一瞬ぽかんとした畑中の顔が、真っ青になる。

「私がやったっていうんですか」

「おまえ以外に誰がやる。おまえは楠木ゆりかの夫で、あの女と娑婆をつなぐ唯一の接点だ。西野の婚約者のアパートに放火し、おれの娘を傷つけることで、おれたちを脅しているんだろう。たしかにおれたち自身を直接攻撃するより、よほど効果的だよな。自分が傷つくのはかまわなくても、大切な存在の安全を脅かされたら下手な動きはできなくなる」

「誤解です。坂口さんの件も、筒井さんのお嬢さんの件もお気の毒ですが、私たちは関係ない」

「私たち、きさまいま、そういったな。やっぱり仲間がいるんじゃないか」

「違います。私たちというのは、私と妻のことです。ゆりかさんのことを疑っているのでしょう？」

「おまえのこともな」

「そんなに疑うのでしたら、気の済むまで徹底的に調べてください。ただし、きちんと法に則（のっと）って手続きを踏んだ上でお願いします。日本は法治国家で、あなたがた警察官は法をつかさどる存在なのですから」

「死刑囚にたぶらかされたようなやつが、そんなことをいう資格があるのか」

「ありますよ。言論の自由です。私がゆりかさんと結婚したのも、法律で認められた権利を行使したまでです」

「くそったれが！」

飛びかかりそうな気配をいち早く察知した西野が、筒井を抱きすくめた。

「そろそろいいですか。私も暇じゃない。取材があるので」

畑中は軽く会釈をして立ち去った。

西野と綿貫が安堵したように長い息を吐く。

「おまえら、なんで邪魔した」

言葉では二人の男性刑事を責めているが、筒井の視線は絵麻を見ていた。どうしてこいつらを呼んだ。どうしてあの男を殴らせてくれなかった。

「楯岡さんから連絡をもらったんです」

西野が言い、綿貫が頷く。

「驚きました。筒井さん、気持ちはわかりますが、いまは聡美ちゃんの傍にいてあげたほうが――」

「おまえに気持ちがわかるのか」鋭い声で遮った。

「綿貫。おまえは独身で、子どももいないよな。そんなおまえに、おれの気持ちが理解できるのか。そりゃすごいな。まるでエンマ様だ」

「筒井さん。そういう言い方はあんまりじゃないですか。綿貫さんだって筒井さんのことを思って……」

「うるせえな、西野。おまえは婚約者の家に火をつけられても手をこまねいてた腰抜けなんだから、ずっと黙って置き物になってりゃよかったんだ。なんでいまになって余計なことしやがる」

「西野は手をこまねいていたわけじゃありません」

筒井が絵麻を見た。これほどまでに濁った筒井の目を初めて見た。

「おれも、おまえに手を貸したりしなきゃ、聡美が傷つけられることもなかったかもしれないな」

「かりに聡美さんの件が楠木の仕業だとしても、畑中はかかわっていません」

「おまえさんのまじないでは、そういう結果が出たってだけの話だ」

黙っていられないという感じで、西野が口を開いた。

「まじないじゃありません。れっきとした行動心理学です」

「その行動心理学ってやつは、ぜったいなのか」

「ぜったいです」

絵麻は断言したが、筒井から鼻を鳴らされた。

「信じられない」

「思い出してください。これまでエンマ様の推理が間違っていたことなんて、一度もなかったじゃないですか」

綿貫は悲痛な表情だ。

「おまえもすっかり楯岡派だな」

「派閥とか、そういう問題じゃ――」

「もういい」と、筒井が手をひらひらとさせる。

「これ以上話しても時間の無駄だ。もともとおれは誰とも群れない一匹狼(おおかみ)だ。おれはおれのやりたいようにやらせてもらう」

三人の同僚に背を向け、歩き去っていく。

そのとき、西野のスマートフォンが振動した。

「もしもし。あ、お疲れさまです……」

しばらく通話した後で、絵麻と綿貫に告げる。

「事件です」

「わかった」

綿貫が応じた。

「栖岡さん。事件です。行きましょう」

絵麻は筒井が歩き去った方角を見つめながら、楠木の狙いは筒井の娘を傷つけることではなく、いまのこの状況を作ることだったのだろうと思った。

2

現場は江東区扇橋（おうぎばし）にあるマンションの一室だった。

建物の外観は古びているが、内装はリフォームされているようだ。コンクリート打ちっぱなしのお洒落（しゃれ）なカフェのような印象だった。間取りは広めの１ＬＤＫ。すでに鑑識作業は終了しているらしく、室内には禿（は）げ頭の中年男性が一人、立っているだけだった。

禿げ頭の男は絵麻たちに歩み寄ってきて、自己紹介した。

「扇橋署刑事課の田辺（たなべ）です。ご足労いただきありがとうございます」

おそらく五十歳を超えているだろうが、笑うと目がなくなり、少年のような印象になる。

リビングダイニングに入る。

セミダブルのベッドに大型液晶テレビ、ソファ。本棚には自己啓発書やビジネス書がずらりと並んでいる。

「被害者はどこで?」

西野が室内を見回す。遺体の場所を示す人型が見当たらない。

「風呂です」

田辺はリビングダイニングに面した風呂の扉を開いた。板張りの床に、洋画に登場しそうな洒落たバスタブが設置されている。

「亡くなったのはこの部屋の住人の南圭一さん、三十二歳。湯船に浸かったまま亡くなっているのを、マンションの管理業者によって発見されました」

「管理業者が立ち入ったんですか」

綿貫の疑問を想定していたとばかりに、田辺が大仰に頷く。

「湯が出しっぱなしになっていたせいで、下の階に水漏れしたようなんです」

「見てくれはお洒落だけど安普請ってことか」

西野がバスタブの近くの床板を爪先で押している。

「っていうか、このタイプのお風呂は、湯船の中で身体を洗わないといけないんじゃないの」

西野が爪先で押している場所は、洗い場ではないのだ。

絵麻の指摘に、西野が目を丸くした。

「マジですか。めちゃくちゃ不便じゃないですか」

「こういういかにもデザイナーズって感じの部屋、使い勝手は悪いんだよな。若いときは憧れるけど」

綿貫が風呂場を見回しながらいう。

「死因は？」

絵麻は話を軌道修正した。

「溺死です」

「溺死？」

西野の顔には、それなら捜査一課が出る幕はないいんじゃないかと書いてある。

「ええ。司法解剖の結果、遺体の血中からかなりの量のアルコールが検出されました」

「だったら事件性はありませんよね」

綿貫の質問に、田辺が肩をすくめる。

「そうなんですが、司法解剖でもう一つ、気になる指摘がありまして」

「どんな指摘ですか」

西野は訊いた。

「口腔内に無数の小さな傷がみられたそうなんです。それに、唇の端も切れていたそうです」

「それは、つまり……」

綿貫と西野の視線が、答えを求めて虚空を彷徨う。

正解に一番乗りしたのは、絵麻だった。

「無理やり口を開かせた？」

「そうです」

「なるほど」と西野が目を見開いた。

「嫌がる被害者の口を無理やり開かせ、アルコールを流し込んだ。そして酩酊させた上で風呂に浸からせ、湯を出しっぱなしにして立ち去った」

「その可能性を疑っています」

田辺はいった。

「死亡推定時刻は？」と絵麻。

「五日前の午後八時から十時の間ではないか、ということです」

「当日の被害者の足取りなどはわかっていますか」

「勤務先を定時で退社した後の足取りをNシステムで追跡したところ、真っ直ぐ帰宅したと思われます。帰宅前に近隣のどこかに立ち寄った可能性はありますが、すぐ近くまでは真っ直ぐ帰ってきています」

「Nシステムということは、自動車通勤ということですよね。被害者の勤務先はどこなんですか」

綿貫の口調には驚きが混じっている。たしかに都内であれば電車のほうが早いし便利かもしれない。駐車場代もバカにならないし、維持費も相当かかる。インテリアにも金をかけているようだし、三十二歳にしては裕福な暮らしぶりだ。

「港区です。六本木のあの大きなタワー、あるじゃないですか」

「六本木プラウディですか」

西野が口にした固有名詞に「そうそう。それです」と田辺が人さし指を立てた。

「あそこにオフィスが入っているみたいです」

「すごいな。ちなみに被害者の勤務先の会社名はわかりますか」

綿貫の質問に、田辺は手帳を開いた。

「ええと、株式会社グローバルレコメンデーション・ジャパンというところです」

三人の刑事の間で、知っているかと確認し合うような目配せが交わされた。

「あれですよ、あれ、ご存じですかね。何年か前によくテレビに出ていた人。人の心を読み取れるとかで、いろんな人とババ抜き対決してた人、いるじゃないですか」

「そういえばいたな」と、綿貫が口を軽く開く。

「いましたね。あれだ、なんだっけな」

西野が指をパチンと鳴らした。「マインドサーチ！」

「そうだそうだ。望月智(もちづきさとし)」

綿貫も思い出したようだ。

「なにそれ」

「知らないんですか、楯岡さん。楯岡さんと同じ、しぐさから相手の心を読み取るキネシクスの使い手ですよ」

「そうなの」

「ええ。相手の微妙な視線の動きや表情の変化で心を読み取ってしまうから、ババ抜き対決では連戦連勝で、めちゃくちゃ人気があったんです」

「最近あまりテレビで見かけないな」

「タレント業はセーブして、企業コンサルをメインにしているらしいです」

田辺が手帳から顔を上げる。

「なるほど。企業コンサル。人の心を読めるんだから適任だ」

西野が腕組みをして感心している。

「で、そのグローバルなんとかという仰々しい名前の会社のトップが、望月という男なんですか」

絵麻は田辺を見た。

「そうです」

「あの望月智の会社なら、六本木の一等地にオフィスをかまえているのも納得だ。これから値上がりする株とかも、一発でわかっちゃうだろうしな」

夢見がちな顔の西野の頭を、絵麻はぱしんと叩いた。

「痛いな。なにするんですか」

「あんた、何年も私と一緒に仕事していながら、キネシクスについてなに一つ理解できてないようね。キネシクスは超能力じゃないの。株の値動きなんて予測できるわけがない。私を見ればわかるでしょう」

西野が絵麻をまじまじと見た。

「男の嘘を見抜きすぎて幸せをつかめない……ってことですか」

もう一発お見舞いしてやる。

「お金持ちになってないってこと」

「仲が良いですね」

田辺が苦笑しながら話を戻した。「とにかく、被害者は当日、勤務先から真っ直ぐに帰宅しています」

「犯人はこの部屋を訪ね、被害者に無理やり大量の酒を飲ませて酩酊させ、風呂に浸からせてから立ち去った」

綿貫が情報を整理する。

「マンションに防犯カメラは」

絵麻の質問に、田辺は渋面を作った。

「設置されていません」

「たんに酔い潰したのならともかく、嫌がる被害者を押さえつけて強引に酒を飲ませたのなら複数犯の可能性が高いですね」

絵麻の推理に、田辺も同意する。

「我々もそう考えています」

「室内に争った形跡はなし……」

西野が部屋を見回し、綿貫が口を開く。

「被害者自ら、犯人たちを迎え入れている。顔見知りの犯行か」

「知り合い何人かが訪ねてきて部屋に上げたら、手足を拘束されて酒をラッパ飲みさせられるって、考えるとかなり恐ろしいですね」

西野は被害者に自分を重ね、震え上がっている。

「いずれにせよ、犯人は被害者に近い人間関係の中にいる」

油断は禁物だが、事件解決までにそう時間はかからなそうだと、絵麻は思った。

「金銭トラブルかなにかでしょうか。痴情のもつれという線もありますが」

西野が絵麻のほうを向く。

「被害者は一人暮らしですよね」

家財道具を見る限り、そうだろう。

「交際中の恋人がいたかどうかは、現在捜査中です」

「どこから手をつけますか」

綿貫が指示を仰ぐ。

絵麻はしばらく考えてから、田辺に訊いた。

「マンションの住人で、事件当日に不審者を見かけたなどの証言は？」

「ありません。ただ午後八時半ごろ、駐車場に被害者の車が止まっているのを見かけたという証言はあります。上の階の住人で被害者と面識はないとのことですが、車好きなので被害者の車は気になっていたそうです」

「車好きが気になるほどの車なんですか」

西野も興味深そうに首を突き出した。

「アウディです」

「三十代前半でアウディか。六本木にオフィスをかまえる会社はやっぱり違うな」

綿貫が口笛を吹く真似をする。

「僕らもいちおう、日本の中枢で働いてるんですけどね。転職を考えちゃう待遇の違いだな」

「転職しようとしても、おまえじゃ雇ってもらえない」

「綿貫さんも眼鏡でインテリっぽく見せてるだけで、中身は僕とたいして変わらないでしょう」

「眼鏡は別にインテリを演出するためじゃない」

否定する綿貫の顔は、なぜか少し赤らんでいた。

「念のため、被害者のアウディを見たという方にお話をうかがうことはできますか」

「大丈夫だと思いますよ。いま在宅なさっているかはわかりませんが、もう一度お話をうかがう必要が出てくるかもしれないというのは、伝えてありますから」

行ってみましょう、という田辺に続いて部屋を出た。

田辺の後ろを歩きながら、絵麻は西野と綿貫に世間話のような調子で伝える。

「駐車場に畑中がいる」

「えっ」と顔を動かそうとする西野に「見ないで」と釘を刺した。

部屋から出た瞬間、外廊下の手すり越しに駐車場をうろつく畑中の姿を認めていた。

「私は田辺さんについて階段をのぼるから、あなたたちは階段をおりて畑中の身柄を確保して」

「わかりました」

二人が頷き合う。

「畑中というのは？」

田辺が絵麻たちに調子を合わせるように、さりげなく訊ねてきた。事情を知らなくても緊張感は伝わっているようだ。

「別の事件の参考人です。今回の事件に関係あるかはわかりませんが」

納得したらしい。それ以上質問してこなかった。

階段に達した。田辺と絵麻は階段をのぼり、西野と綿貫は階段をおりる。

絵麻たちがのぼりきり、廊下を歩き出したとき、下のほうから「なにするんですか！」と鋭い声が聞こえてきた。踵を返し、階段を駆け下りる。

畑中が西野と綿貫に両脇を抱えられていた。

「なにをするんだ！　なんの権利があってこんなことを！」

両脇の刑事を睨みつけているが、地面から浮き上がった脚がばたばたと宙をかいているる姿が滑稽だ。

「それはこっちの台詞よ。なんの権利があって私たちをつけまわすの」

「つけまわしてなんかいません。ここにあなたたちがいることだって知らなかった」

「見え透いた嘘をつくな」

西野が畑中の腕を抱え直す。

「嘘じゃない。さっき会ったとき、取材があるっていっただろう」

「それが嘘だったんだな」

綿貫に恫喝され、畑中はうるさそうに顔を背けた。

「待って」と手を上げると、目の前の三人の男たちの視線が絵麻に集中した。

「嘘はついていない」

つけまわしていない。ここに絵麻たちがいることすら知らなかった。取材でこの場所に訪れた。そう主張する畑中に、虚偽を疑うに足る不審なしぐさは見られなかった。

西野と綿貫が力を緩め、畑中の足が地面に届く。

「だからいったじゃないか。なんの根拠もなしに無実の市民を拘束するなんて、訴えられても文句はいえませんよ」

畑中がジャケットの皺を、手で叩いて伸ばす。

「無実だと？」

綿貫が憎々しげに顔を歪めた。

「無実でしょう。いったい私がなにをしたというんですか。死刑囚の妻がいるというだけで罪になるんですか」

えっ、と田辺の驚く声が、後ろから聞こえる。

「なにイキってんだ。調子に乗ってるんじゃねえぞ」

筒井との一件があったせいか、綿貫がいつになく感情的になっている。

「調子に乗ってなんていません。無実だから無実といったまでです」

畑中は潔白を主張するように、胸を大きく突き出した。

「ぜったいにおまえをぶち込んでやる」

「公僕がそういうことをいっていいんですかね」

「取材って、なんの取材なの」

絵麻が質問すると、畑中は不愉快そうに眉根を寄せた。

「そんなこと、あなたたちに教える必要がありますか」

「きさま、一度痛い目見せないとわからないようだな」

「まあまあ綿貫さん。落ち着いてください」

いきり立つ綿貫を、西野が抱きすくめるようにして押さえる。いつもとはまるで逆の構図だ。

「もしかして、南圭一さんの死について調べているんじゃない？」

図星だった。畑中は頷きのマイクロジェスチャーを見せた。

「当たりみたいね」

畑中が顔を歪め、心を読まれたことへの悔しさを露わにする。それでも絵麻のキネシクスについては承知しているので、無駄な抵抗はしない。

「あなたたちがいるということは、やはり事故や自殺ではないということですね」

顎を触りながらいう。

「やはり、というからには、南さんの死に事件性があると確信していたの？」

「それはいえない」といった後で、顔をしかめる。「といったところで、楯岡さんにはお見通しですか」

絵麻は両肩を持ち上げ、肯定の意を示した。

「参ったな」

畑中が苦笑しながら髪をかく。

「どうやって事件性があると確信したの？　そもそもなぜこの件を取材しているの」

どうしようかなともったいつけるように、畑中がにやにやしながら顎をかく。

「さっさと答えろ！」

つかみかかろうとする綿貫を、西野が慌てて抱きすくめた。

「こんな扱いを受けて、話したいと思う人間がいるんですかね」

畑中が綿貫に冷たい一瞥をくれる。

「取引しましょう」

絵麻の提案に、畑中が目をすがめた。綿貫の不服そうな顔は、見ないようにする。

「ほう。ではそちらも、公になっていない捜査情報を明かしてくださるんですね」

「手の内をすべて明かすわけにはいかないけど」

「承知しています。これでもマスコミの人間なもので」

算段するような間を置いて、畑中が頷いた。

「わかりました。取引に応じましょう」

「どうして南さんの死について事件性を確信していたの」

「タレコミがあったんです」

「タレコミ？　誰かが南さんは殺されたと？」

「違います。南さん本人からです」

「どういうこと？」

「南さんが望月智の下で働いているというのは？」

畑中が周囲の刑事たちを見回す。

「知っている」

「グローバルレコメンデーション・ジャパン自体は企業コンサルといっても、望月のタレントパワーをあてにした実質、望月のマネージメント会社です。社員も総勢十人という小所帯。南氏はそこで営業職に就いていました。その南氏から、望月について告発したいことがあると、メールが届いたんです」

「どんな内容の告発なの」

畑中はかぶりを振った。

「わかりません。メールや電話で話せる内容ではないので、直接会って話したいとのことでした」

「嘘つけ！　さっさと吐け！」

怒鳴る綿貫に迷惑そうな横目を向け、畑中は続ける。

「正直胡散臭いと感じましたが、会社のホームページで南さんの顔写真と名前も公開されているし、使えるネタかどうかは話を聞いてから判断すればいいと思い、一度会ってみることにしました。なにしろあの望月智ですからね。ネタ次第では大スクープにつながる」

「南さんと会ったの」

「いいえ」とかぶりを振る畑中に、不審なしぐさはない。

「アポイントはとりつけたのですが、南さんは約束の場所に現れませんでした。そういうことはよくあるとまではいいませんが、珍しくはないんです。空振りだったか、しかたがないと、さして気にしてもいませんでした。ところが、ＳＮＳで南さんとつながっていた人が、南さんの死を悼む投稿をしているのを見かけたんです。南さんが亡くなったのは、私と会う予定の前日でした」

「つまり南さんは口封じされたと？」

「ついさっきまでは、もしかしたらそうじゃないかという疑念の段階でしたが、ここで楯岡さんたちと出くわしたことで、確信に変わりました」

畑中がにやりと笑う。

「いまの話を聞いた限りだと、望月智が怪しいように思えますね」

歩み寄ってきた田辺に、絵麻は頷く。

「話を聞いてみる価値はありそう」

「取引はお忘れなきよう。そちらからもなにか有益な情報をいただけますか」

絵麻は了解を求めるように田辺を見た。

田辺が口を開く。

「司法解剖の結果、遺体の口腔内に無数の小さな傷が見つかりました」

ほお、と畑中が吐息を漏らす。

「私が調べた限りでは酔った状態で入浴して溺死ということでしたが、無理やり酒を飲まされていたのですか」

さすが記者だけあって察しが良い。

「しかも手で口をこじ開けて酒を流し込むなんて、少なくとも二人以上でないと不可能だ。複数犯の犯行ですね。これはありがたい。うちの雑誌で書かせてもらいます」

畑中はスマートフォンを取り出し、メモ機能でいまの話を記録した。

「では私はこれで」

立ち去ろうとする畑中を「待って」と呼び止めた。

「なんですか」

「琴莉さんのアパートの放火も、筒井さんの娘さんが襲われたのも、あなたは本当に関係ないのよね？」

西野に抱き留められたまま、綿貫の瞳がぎらりと光る。

「くどいな。何度同じ質問をするんですか。関係ないといっているでしょう。なだめ行動は出ていますか」

畑中が両手を広げた。

「ない」

「ほら」と、畑中は挑発するように綿貫を見た。そこまでは余裕綽々（しゃくしゃく）という雰囲気だったが、「かわいそうに」絵麻が憐れむと、怪訝そうに眉根を寄せる。

「なにがですか」

「楠木に見放されているのに気づいていないから」

畑中にとっては聞き捨てならない台詞だったのだろう。絵麻にたいして半身だったのが、真っ直ぐこちらを向いて正対する。

「おっしゃっている意味がわかりません」

「だってあなたは、琴莉さんのアパート火災にも、筒井さんの娘さんの襲撃にもかかわっていない。それどころか、それらが楠木の犯行であることすら知らなかった」

「刑事さんたちの被害妄想が過ぎるのではありませんか。それらの事件がゆりかさんと無関係である可能性も――」

「ない」断言した。

「筒井さんの娘さんの事件については未確認だけど、坂口琴莉さんのアパート放火については、私が直接面会して彼女のなだめ行動から読み取った。あの事件は、楠木の指示を受けた何者かによって実行に移された。それは間違いない」

「そうですか」

畑中が明らかな動揺を見せる。

「ショックでしょ」

「いいえ」

「嘘。まぶたを閉じるマイクロジェスチャーが出てる」

絵麻は唇の片端を持ち上げた。

「そりゃそうよね。楠木と結婚したあなたには、楠木と娑婆をつなぐ唯一のパイプだという自負がある。それがあなたのアイデンティティーになっている。なのに、楠木はあなたの知らないところで犯罪行為に及んでいた。つまり、あなた以外にも楠木の手足となって動く人間が存在している。しかも楠木がその人物にやらせたのは放火と、刃物による殺人未遂。よほどの信頼関係がないとそんなことを依頼できないし、引き受けない。楠木はあなたに、明らかな不法行為を依頼したことがある？」

ない、と畑中のしぐさが物語っている。

「私が逮捕されないように計らってくれているのでしょう。私を愛しているから」

「本当にそう思っている？」

畑中は答えない。だが小刻みに痙攣する頰が、彼の本心を物語っていた。

「あなたが思っているように楠木との強い絆が存在するとしたら、はたして彼女は、他人に犯行を依頼するかしら」

ふっと畑中が笑みを漏らす。虚勢なのは明らかだった。

「私を動揺させようとしても無駄です。私は彼女と永遠の愛を誓った」

「彼女のほうはどうかしらね」

畑中がひそかに息を呑む気配が伝わってくる。

「最近、面会には行けてる？　忙しさにかまけてほったらかしにしたせいで、彼女が『遊んでる』んじゃないの」

「ご忠告どうも」

畑中は軽く会釈をすると、足早に立ち去った。

3

株式会社グローバルレコメンデーション・ジャパンの入った六本木プラウディは、六本木駅と直結している。

六階フロアのオフィスを訪ねた絵麻と西野は、会議室に通された。二十畳ほどの空間の中央に円形のテーブルが設置され、テーブルを囲むように椅子が十二脚並べられている。会議室に窓はないがオフィスに面した壁が全面ガラスになっていて、社員たちがデスクに向かいながらもこちらを気にしているのが伝わってきた。

「では少々お待ちください」

絵麻と西野の前にコーヒーの紙コップを置くと、若い女性社員がお辞儀をして部屋を出ていった。

「お洒落なオフィスですね。望月智、やっぱり儲かってるんだ」

西野が物珍しげに室内を見回す。

「それにしても筒井さん、大丈夫ですかね」

「綿貫もかなり参ってたわね」

筒井は今朝の捜査会議にも顔を出さなかった。上司には体調不良で欠勤すると連絡しているようだが、事実は異なるだろう。綿貫からの連絡を無視しており、どこでなにをしているかすら把握できない状況だ。

「あの二人があんなふうになったの、初めて見ました」

絵麻も同感だった。小さな喧嘩は絶えないが、所詮はじゃれ合いの延長線上のレベルで、仲違いしたわけではない。今回は明確に亀裂が入っている。この状況が楠木の狙いだったとすれば、まんまと術中に嵌まったことになる。信頼を築くのには時間がかかるが、壊れるのはほんの一瞬だ。

それに引き換え……。

絵麻は呑気にコーヒーを啜る後輩巡査長を見た。

「……悪かったわね」

紙コップに口をつけては熱そうに口を離すという、不毛な行為を繰り返していた西野が、不思議そうに首をかしげる。

「なにがですか」

「琴莉ちゃんの事件を探っているのを、あんたに黙ってた」

「そのことですか」

西野はふたたび紙コップに口をつけ、あちっ、と顔をしかめた。

「僕に気を遣ってくれてたんですよね」

ふふっと、西野が噴き出した。

「なに」

「栖岡さんがこんなに素直に謝るなんて、もしかしたら出会ってから初めてじゃないですか」

「そうかしら」そうかもしれない。

「そうですよ。めちゃくちゃ貴重な機会だったのに、さらっと流しちゃった」

西野がスマートフォンを取り出し、レコーダーアプリを開いて録音状態にする。

「もう一度、さっきの台詞をお願いしてもいいですか」

「いやよ」

「お願いします」

左手を顔の前で立て、右手に握ったスマートフォンを差し出してきた。

「やめなさい」

「いいじゃないですか。もう一度だけ。お願い」

顔の前に突き出されたスマートフォンを、絵麻は右手でつかんでおろした。

「いい加減にしなさい」

声を落として威圧する。

「しまったなあ。もうちょっと怒ってるふりしてればよかった」

「あんたの下手な芝居に騙されるわけないでしょ」

「それもそうか」

がっくり肩を落としながらスマートフォンをしまう西野を見ながら、この男が相棒で本当によかったと、絵麻は思う。

そのとき扉が開き、男が入ってきた。三十歳前後だろうか。ノータイの白シャツと黒いジャケット。髪は綺麗なツーブロックに刈られていて、にっこりと覗かせる歯にホワイトニングの成果がうかがえる。かなり清潔感に気を配ったであろう隙のない身なりだ。

「お待たせしてしまいすみません。取引先との打ち合わせが長引いてしまいまして」

男がテーブルを回り込み、歩み寄ってくる。

絵麻と西野は立ち上がった。

「こちらこそお忙しいところすみません」

そういう西野の声からは、テレビで見る有名人を目の当たりにした高揚が滲んでいた。

「はじめまして。株式会社グローバルレコメンデーション・ジャパン代表取締役の望月智です」

「警視庁捜査一課の西野です」

「楯岡です」

「初対面で大変失礼なのは承知していますが、楯岡さん、すごくお綺麗ですね。警察の方がいらしたと聞いていたので、どんな強面が待っているんだろうと、少し緊張していたんです」

「まあ、ありがとうございます。お世辞でも嬉しいです」と両手を頬にあてて恥じらってみせる。

「お世辞なんかじゃありません。本心からの言葉です。とても刑事さんには見えません。モデルみたいだ。仕事柄、実際に女優さんやモデルさんとお会いすることもありますが、楯岡さんのほうがお美しいです」

「お上手ですね。望月さんも、テレビで見るより断然イケメンです」

西野が弾かれたようにこちらを向く。名前すら聞いたことなかったじゃないか。責めるような視線に、いいから黙ってなさいと鋭い一瞥をくれてやる。

「僕のこと、テレビで見ててくださったんですか」

「ええ。ババ抜き対決、いつも楽しみに見ていました。すごいですね。あれ、どうやって相手のカードを見抜いているんですか」

「行動心理学の応用です。人間は嘘をつくけれど、実際には完全な嘘をつくことは難しいんです」

「そうなんですか」

「ええ。人間の脳は大きく三つに分かれています。基本的な生命維持活動をつかさどる脳幹、本能的な感情をつかさどる大脳辺縁系、理性的な思考をつかさどる大脳新皮質。人間の脳がほかの動物と異なるのは、大脳新皮質が非常に発達しているところです。嘘というのは思考の賜物(たまもの)ですから、大脳新皮質の作用です。ところが大脳新皮質が嘘をつこうとしても、同時に大脳辺縁系の反射も出てしまうのです。しかも大脳辺縁系の働きは本能的な反射なので、思考をつかさどる大脳新皮質より反応が早い。ほら、誤って熱いものに触れてしまったときに思わず手を引いてしまいますよね。熱い、と頭で考えるのはその後だ」

絵麻は熱いものに触れてしまったような動きをした。

「たしかに。そうかも」

「でしょう? 熱いと認識してから手を引いたのでは遅いんです。本能は思考より反応が早い。嘘をつこうとしても、ほんの一瞬だけ本能の反射が表れてしまいます。僕が見極めているのは、その本能の反射なんです」

「すごい! それがマインドサーチのからくりなんですね!」

絵麻は胸の前で両手を重ねた。

「それほどでもありません」

望月が照れくさそうにこめかみをかく。その右手には、中指と薬指にシルバーの指輪が嵌まっていた。高級ブランドのようだが、一見するとそうとわからないシンプルなデザインだ。

「望月さんが協力してくれれば、迷宮入りする事件もないかもしれないわね。西野」

「え、ええ。まあ、そうですね」

西野が困惑しながらも調子を合わせる。

「申し訳ありません。お忙しいのに関係のない話を長々と」

望月から着席をすすめられ、絵麻と西野は腰をおろした。望月は二人と斜めに向き合う位置に座る。

「用件はおわかりだと思いますが」

絵麻が話を切り出した。

「南くんの件ですよね。三日前にも扇橋警察署の刑事さんがいらっしゃいました。本当に残念なことです」

望月が沈痛な面持ちになる。

「重複する質問もあってご面倒かと思いますが、事件解決のためにご協力お願いします」

西野が膝に手を置き、頭を下げる。

「事件？」望月は眉根を寄せた。

「彼は酒を飲んで風呂で溺れたのでは……」

「ええ。死因は溺死で間違いありません。ですが司法解剖の結果、何者かによって溺死させられた可能性が浮上しました」

望月は大きく目を見開いた。

「だから捜査一課なんですね。たしか、殺人とかの凶悪事件を捜査するところだ……しかしいったい誰が？」

「それを調べています。職場での南さんは、どういう方でしたか」

「とても真面目でしたよ。半年ほど前からうちで働いてくれていました。前職はたしかカーディーラーだったかな」

「職場での人間関係は」

「問題なかったと思います。営業マンだけあって非常に社交的だし、言動に配慮するデリカシーも兼ね備えていたので、周囲から慕われていました」

「トラブルなどは？」

「ありません」望月はかぶりを振る。

「では誰かに恨まれたりといったことも？」

「少なくとも僕は把握していません。もちろん仕事ですから摩擦や衝突がまったくないわけではありませんが、それはどんな職場でも同じことです。言い換えれば、トラブルがあったとしてもその程度ということです。プライベートについては、僕の与(あずか)り知るところではありませんが」

「望月さんは、南さんとプライベートな交流は」

「ありませんでした」

「では、南さんととくに仲の良かった同僚の方は？」

「中井(なかい)や永野(ながの)と楽しそうに話していた印象はありますが、プライベートまで付き合いがあったかは、どうかなあ。うちはそういった社風ではないんです」

「後ほど、その中井さんと永野さんにもお話をうかがえますか」

「もちろんです。ただ、いまは中井は外出しているかな。永野を呼びましょう」

望月が腰を浮かせようとする。

「後ほどでけっこうです。もう少し、望月さんのお話を聞かせてください」

「そうですか」

望月はあらためて着席した。

「最近の南さんに、なにか変わったところはありませんでしたか」

「いいえ。亡くなった日も、まったくいつも通りだったと思います」

望月がテーブルに身を乗り出し、神妙な顔つきになる。

「南くんは本当に殺されたのですか」

「他殺の可能性が限りなく高いと、我々は考えています」

「とても信じられないな。なぜ他殺の可能性が高いということになったのですか」

「すみません。そこまではお話しできません」

「そうですか」

望月は少しがっかりしたようだった。

「逆にうかがいますが、事故だとしたら納得されるんですか。お酒を飲んでお風呂で溺れたと聞いて、抵抗なく受け入れられるような日ごろの言動があったのですか」

そうですね、と、望月が記憶を辿る顔をする。

「彼は普段から酒量が多く、飲みすぎて前後不覚になることも珍しくありませんでした」

「あれ？」と西野が疑問を口にする。

「さっき、プライベートな交流はなかったとおっしゃいませんでしたか」

西野に揚げ足をとる意図はないようだが、望月は虚を衝かれたような顔になる。

「一度だけ飲みに行ったことがあるんです」

「でもいまの言い方だと、一度だけ、という感じでは……」

いや、ええと。言葉を探す間があった。

「僕自身が一緒に飲んだのは一度きりですが、仲の良い同僚からそういう話をよく聞いていたんです」

「仲の良い中井さんや永野さんも、プライベートで親しかったかまではわからないんじゃ……」

「中井や永野が実際に飲みに行ったわけではなくて、そういう話を人伝に聞かされていたということです」

もはやしどろもどろだ。

当然ながら、西野もまったく腑に落ちないという顔をしている。

望月が露骨に話題を逸らした。

「とにかく、僕なんかより親しくしている社員に話を聞いたほうがいいと思います」

「その前に」絵麻は手を上げた。

「テレビ番組で披露していた望月さんのマインドサーチを、見せていただけませんか」

「いま、ですか」

「ええ。こういう機会はなかなかないもので」

両手を合わせて懇願する。

逡巡するような間があったものの、望月は承諾した。

「わかりました」

ガラス越しに手を上げ、部下を呼ぶ。

髪を後ろでひっつめた、いかにも仕事の出来そうなスーツの女性社員が入ってきた。

「マインドサーチ用のトランプを持ってきてくれないか」

「承知しました」

女性社員は部屋を出ると、すぐにトランプの紙箱を持って戻ってきた。

「最近はほとんどやらないんですけどね。腕がなまっていないといいけど」

望月は紙箱から取り出したカードの束を、右手に握り込んだ。手の甲を上にして自動車のワイパーのようにテーブルの上を滑らせる。手の動きに合わせて、カードの裏面に描かれた幾何学模様が帯状に広がった。それから帯の右端のカードを弾くと、ドミノ倒しのようにカードが裏返り、すべてのカードの数字とマークが描かれた面が現れた。

「鮮やかな手つきだな」

西野はすでに心を奪われたらしく、目を輝かせている。

望月はカードの帯から、ジョーカーを一枚抜き取った。

「お好きなカードを四枚選んでください」

「私が選んでいいんですか」

「もちろんです」

絵麻は椅子を引き、望月と隣り合う席に移動する。綺麗なアーチを描くカードの帯から、四枚のカードを選んだ。

「ではその四枚に、こちらのジョーカーを加えます」

望月が差し出したジョーカーのカードを受け取った。

「どこにジョーカーがあるかわからないよう、そのカードをシャッフルしてください。念のために僕は下を見ておきます」

望月が両手で目もとを隠し、うつむく。

絵麻はカードをシャッフルした。

「いいですか」

「はい」

「僕からカードの数字面が見えないようにしてくださいね」

「もちろんです」

絵麻は五枚のカードを扇状にして両手で持つ。ジョーカーは絵麻から見て左から二番目だ。

望月が顔を上げた。

人さし指を顎にあて、カードを透視するように目を細める。そしておもむろに口を開いた。

「楯岡さん、右利きですか」

「そうです」

「右利きの方がジョーカーを隠そうとすると、左のほうにカードを配置する傾向があるんです。やっぱり自分が右利きだから、右側に配置していると隠れていないと感じてしまうんですすね。そう考えるとおそらく、ジョーカーは楯岡さんから見て左のほうではないかと思うんですが……」

望月の手がのびてくる。

五枚のカードのうち、絵麻から見て一番右のカードと、その隣のカードが抜き取られた。

残るカードは三枚。ジョーカーは中央になった。

望月がふたたび人さし指を顎にあてる。

「素直な方なら、一番左にジョーカーを配置すると思うんです。だけど楯岡さんは警察官ですからね。しかも刑事。嘘をつく犯罪者も多いでしょうし、あまり素直すぎると仕事がつとまりませんよね」

「どうでしょう。病的に素直な刑事が、私のそばにいますけど」

流れ弾を食らった西野がぎょっとする。

「やっぱりそうだ」と、望月は一人頷いた。

「いまの僕の質問は、ジョーカーを一番左に配置したかどうか、間接的に訊ねるものでした。楯岡さんは上手くはぐらかしたつもりかもしれませんけど、先ほどもお話ししたように大脳辺縁系の反射は抑えられないんです。いま、楯岡さんの視線が一瞬だけ逸れました。つまり一番左ではない」

絵麻から見て左端のカードが抜き取られる。カードは残り二枚。ジョーカーは絵麻から見て左側。

「さて、ジョーカーはどちらかな」

望月が顎を触る。

「素直に考えるなら楯岡さんから見て左側。ただ刑事さんだからなあ……悩みどころですね」

「変なしぐさが出ないように気をつけないと」

「あ」と望月が指さしてくる。

「いま、左肩が持ち上がりました」

「そんな動き、してませんけど」

「ご自身では気づかないはずです。大脳辺縁系の本能的な反射なので」

だった。

「あっ」と西野が声を上げたのは、望月が絵麻から見て右のカードを抜き取ったから

れです。つまり僕はそれとは逆のカードを選べばいい」

「左肩を持ち上げたということは、左側のカードを相手に選ばせたいという心理の表

絵麻は自分の左肩を見る。

「そうなんですか」

絵麻の手もとにはジョーカーだけが残った。

「久しぶりなので上手くいくか不安でしたが、成功してよかった」

望月が胸を撫で下ろしている。

「すごいですね。テレビで見たときには、なにか仕掛けがあるのかと思っていたけど」

絵麻は自分の周囲を見回す。

「カメラや鏡はありません。カンニングして僕に合図を送るようなスタッフもいない」

「種も仕掛けもない……ということですね」

「種や仕掛けはありますよ。楯岡さんのしぐさです。楯岡さんは自らのしぐさで、僕にジョーカーの場所を教えてくれました。いわばこのマインドサーチは、僕と楯岡さんの共犯……やらせということになるのかもしれませんね」

「貴重な経験をさせていただきました。ありがとうございました」

「いいえ。僕もたまにはならし運転しておかないと、腕がなまってしまいます」

　では南くんと親しかった社員を呼んできましょう、と、望月がトランプをしまい、席を立つ。

「そうだ。最後に一つだけ」

　絵麻は思い出したようにいった。

「南さんは週刊誌の記者と連絡をとっていたようです」

「週刊誌ですか」

　望月が眉根を寄せる。

「ええ。記者によれば、望月さんにまつわるネタを持ち込みたいといって接触してきたらしいのですが、なにか心当たりはありませんか」

「南くんが？」

「はい」

「僕にまつわるって、いったいどんな……？」

「それはわかりません。記者と会う前に亡くなってしまったので」

「そうですか」

　望月はしばらく考える顔をした。

「思いつきません。僕の女性関係について暴露するつもりだったのかな」

「女性関係ですか」

「同時に複数の女性とお付き合いしています。そのことについては、女性たちの了解をえているし、隠しているわけでもないのですが……週刊誌におもしろおかしく書き立てられると、僕のイメージダウンにつながる可能性はあります」

「南さんはなぜ、望月さんにとって不利な情報を週刊誌にリークしようとしたのでしょうか」

「さあ……お金に困っていたんじゃないですか。情報提供したら、謝礼金みたいなのがもらえるんでしょう？　いくらかは知りませんけど」

「南さんがお金に困っていたような事実は」

「詳しくは知りませんが、部下が話しているのを小耳に挟んだことがあります。彼なら借金していたとしても驚きません。正直なところ、仕事ぶりに少しいい加減なところのある人間だったので、ミスをして周囲に迷惑をかけることも少なくなかったんです」

　ではほかの社員を呼んできますと、望月が席を立った。

「なんだか、ちぐはぐですね」

　絵麻と二人きりになるや、西野が感想を漏らした。「マインドサーチはすごいけど、南さんについての話になると、証言が二転三転してぶれぶれになります。南さんと飲みに行ったことはないはずなのに、南さんの酒癖が悪かったといったり、最初は南さんがとても真面目で優秀だと話していたのに、最後にはミスが多くて周囲に迷惑をかけており、借金していても不思議はないってこき下ろしたり」

「あんたの中で望月智という人物への評価が、認知的不協和を起こしているみたいね」

絵麻はふうと息を吐き、テーブルに頰杖をつく。

「どういうことですか」

「もしも、マインドサーチを見せられていなければ、望月にたいしてどういう印象を持った？」

西野は腕組みをして首をひねる。

「どうだろう」

「たんに証言に一貫性のない、怪しい男」

「まあ、そうですね。でもマインドサーチは本当にすごいです。楯岡さんと同じキネシクスの使い手なんて、この世に存在したんだ」

絵麻は鼻で笑った。

「勘弁してよ。あれがキネシクス？　どう見てもただの手品じゃない」

「手品なんですか」西野は目を丸くした。

「あのカードを操る手つきの鮮やかさ、どう考えても訓練を積んだマジシャンのそれだった。彼はマジシャン」

「でもマインドサーチを、僕もこの目で見てました。怪しいところはありませんでした」

西野が自分の目を指さす。

「手品だって同じじゃない。客の目の前でありえない現象を起こしてみせる」

「でも、楯岡さんだってびっくりしてませんでしたか」

「あんたね」身体じゅうから集めたようなため息が漏れる。

「どんだけ私と一緒に過ごしてきたの。あんなの演技に決まってる」

「そうだったんですか。てっきり本気で驚いているのかと」

西野が後頭部をかく。

「観客が無作為に選んだカードの数字を当てるっていうのは、マジックならばよくある演目じゃない」

「まあ、そうですね」

「そういったカードマジックを披露されたら、あんた、マジシャンのことをどう思うの。心を読まれたって思うの」

「心を読まれたとは思いませんけど、すごいなとか、どういう仕掛けなのかなとか」

「それってマジシャンがマジックと断った上で披露しているからでしょう。望月はそうじゃない、というだけ。もっともらしい心理学の蘊蓄じゃなく、超能力だといえば超能力者になるし、神の起こした奇跡といえば宗教家になる」

「それってインチキじゃないですか」

「だからインチキだっていってる。マインドサーチなんて嘘っぱち。テレビで人気っていうからどんなすごい能力の持ち主かと思ってちょっと期待した私がバカだった。マジシャンは自分の起こす奇跡をマジックと宣言するからこそ、娯楽として成立している。マジックであることを隠した上で、自己演出の道具にしてしまったら、それはもう詐欺」

　絵麻はガラス越しのオフィスを見た。社員を呼びに行ったはずの望月はまだ戻ってこない。

「あんな子ども騙しのマジック、マジシャンが見ればすぐにマジックだとわかる。望月がタレント活動をセーブするようになったのは、マインドサーチというペテンが長続きしないのを、本人がいちばんよくわかっていたからでしょう。変に週刊誌なんかに取り上げられてペテンだと騒ぎ立てられる前に、表舞台から身を引いた。そしてテレビで獲得した知名度と心理学の専門家というイメージを利用し、新たなビジネスに打って出る。それがいまの状況。経営どころか心理学の専門家ですらない人間が企業コンサルなんて聞いてあきれるし、そんな人間にコンサルを依頼する企業もどうかとは思うけど、いまだにテレビから垂れ流される情報を盲信する層はそれなりに存在するものね」

絵麻は大きな伸びをしながらいう。

「ハロー効果って言葉は、あんたも知ってるわよね」

「もちろんです。ある分野で成果を収めることにより、ほかの分野についても信頼性が担保されてしまう心理効果のこと……」

あっ、となにかに気づいた顔になる。

「マスコミを使って広めた、他人の心を読める心理学の専門家というイメージによって、ほかの分野に首を突っ込んでもそれなりに信用されてしまうんだ」

「そういうこと。ビジネスのやり方として賢いといえば賢いけど、スタート地点で人を騙している。そういうマジックの使い方って、倫理的に許されるのかしら」

「マジかあ」

西野は天を仰いだ。「マインドサーチがただのペテンだとすると、挙動不審だけが際立ってきます。証言も一貫性がなくて二転三転するし、めちゃくちゃ怪しいですね。となると、南さん殺しは望月の仕業ってことでしょうか」

「それが少し微妙でね……」

絵麻は渋い顔をした。「証言に一貫性がないのに、あの男からは嘘を示すしぐさが出てこない」

「嘘をついていないってことですか」

「いってることがコロコロ変わることを考えると、それは考えにくい」

「でもマインドサーチはペテンですよね」

「それは間違いない。ただの手品……というか、イカサマ」

「そして心理学の専門家でもない」

「もっともらしい蘊蓄を並べるために本を読んだりはしているだろうけど、専門家を名乗れるほどではない」

「なのになだめ行動を抑えるなんてこと、できるんですか」

「風邪薬かなにかを飲んでいれば、反射が鈍くなってマイクロジェスチャーが表れにくくはなる」

「じゃあそれじゃないですか。風邪薬でも飲んでいたんでしょう」

「でも風邪っぽく見えた？」

「見えないけど、薬が効いているなら当然じゃないですか」

どうにも引っかかる。

そのとき、ガラスの壁の向こうにこちらを覗き込む人影が現れた。ピンストライプのスーツを着た茶髪の若い男が、扉を開けて入室してくる。

「失礼します」

絵麻と西野は立ち上がって男を迎えた。

「お忙しいところすみません。警視庁捜査一課の楯岡と西野です」

絵麻の隣で西野が軽く会釈する。

「広報担当の永野です」

永野は首を突き出すようなお辞儀をした。どの席につくべきかと迷うように視線を動かす。

「どうぞ」と、絵麻は自分のいる席から二つ離れた席を示した。永野がおずおずと椅子を引く。

「南圭一さんについて、話をうかがわせてください」

「はい」と、永野は緊張した様子で両肩を持ち上げた。

「望月さんによれば、南さんと親しくされていたようですが」

「親しくというか、普通です。普通に仲は良かったと思います」

「プライベートでのお付き合いは？」

「休日にまで一緒に過ごしたりはしませんが、仕事の後たまに飲んだりはしました」

「南さんは普段からかなり酒量が多かったのですか」

「そうですね。ベロベロに酔っ払って、歩いて帰れないこともありました」

「そういうとき、南さんはどうやって帰宅したのですか」

「タクシーに乗せて、運転手さんに彼の自宅の住所を伝えます」

「永野さん以上に南さんと親しくされていた同僚の方はいらっしゃいますか」

「どう……でしょう。休みの日まで一緒に過ごすほど仲の良い同僚は、たぶんいないと思います。私が知らないだけかもしれませんが」

「最近の南さんに、なにか変わったところはありませんでしたか。どんな些細なことでもかまいません」

「借金で困っているようでした」

「ええ。どこから借りたのかは知りませんが」

「プライベートでの付き合いはそれほどなかったということですが、それなのに南さんはそんな相談を永野さんにされたんですか」

「休みの日にまでつるむほどではありませんが、親しくはしていました。酔った勢いもあったのでしょう。一緒に飲んでいるときに相談されました」

「そういう相談をされる程度には、信頼関係を築けていたということですね」

「そういうことになります」

「それなのに永野さんは、南さんを裏切った」

「どうしてそうなるんですか」

永野が動揺を露わにする。

「南さんの借金の件は、社長の望月さんも承知していました。部下が話しているのを小耳に挟んだとおっしゃっていました。つまり、社長の耳に届くほど、社員の間で噂が広まっていたということになります」

しばらく絶句していた永野が、言葉を思い出したようだ。

「そうですね。私が同僚に漏らしたのが、会社全体に広まってしまったようです。申し訳ないことをしました」

「借金の噂が社長の耳にまで届いてしまって、南さんとの関係がこじれたりしなかったのですか」

答えるまでに数秒の間があった。

「噂が広まっていることに、本人は気づいていなかったと思います」

「暑いですか」

「え？」

「汗が」

絵麻が自分のこめかみを撫でると、永野は「ああ」と手で顔の汗を拭う。

「汗っかきなもので。すみません」

「もしよければ」

西野がポケットティッシュを取り出した。

「いや、けっこうです。大丈夫です。ありがとうございます」

ジャケットの袖で懸命に額を拭っているが、シャツがべったりと肌にへばりついている。

「最後にうかがいたいのですが、南さんがこの会社について不満を漏らしているのを聞いたことは？」

「ないです。まったく。不満はなかったと思います」

そろそろいいですかと、永野は逃げるように席を立った。

4

「怪しいと思いません？」

六本木駅に向かいながら、西野が唇を曲げた。

「だからさっきから怪しいっていってるじゃない」

「ぜったい事件に関係してますよ」

「でしょうね。私も同感」

「なのに嘘を示すしぐさが出ないんですか」

「出ない。まったく」

「僕でもわかるぐらい挙動不審でしたよ。とくに南さんの借金の話とか、会社への不満を聞いたことないかとかの質問をぶつけられると、みんなしどろもどろになってたじゃないですか。ぜんぜん暑くないのに汗だくになってる人もいたし」

永野の後にも手の空いている社員すべてに話を聞いたが、新しい情報はなかった。それどころか、誰からも嘘を示すマイクロジェスチャーが出なかった。

「ぜったいに口裏合わせしてるんだ。望月が出ていった後、永野が部屋に来るまで待たされたのはそのせいですよ。どういう質問をされたのか、それにたいして自分がどう答えたのかを、社員に伝えたんだ。ぜったいにそうだ」

「だけど物証はないし、不審なマイクロジェスチャーも出ない。なんとなく疑わしいという心証だけで、任同かけるわけにもいかない」

「事情聴取した全員が全員、マイクロジェスチャーを抑え込むなんてこと、可能なんでしょうか」

「たまたま全員が風邪引いてて薬飲んでたとか、睡眠障害か心の病気で薬を服用してたとか」

「そんな偶然ありえません。嘘を見破られないために、望月が部下全員に薬を飲ませたんだ。望月が消えてから永野が現れるまでに時間がかかったのは、口裏を合わせるためでもあり、急いで飲んだ薬が効き始めるまでの時間稼ぎだったんですよ」

絵麻はしばらく考えてから「ないない」と手を振る。

「あんたまだ、あのマインドサーチという茶番がマジックじゃなくて、望月には本当に相手の心を読む能力がそなわっているかもしれないって、どこかで思ってるでしょ」

ぎくり、という音が聞こえてきそうな反応が返ってきた。西野の心の声なら苦もなく汲み取ることができる。

「嬉々としてあの茶番を披露できるってことは、私にキネシクスの能力があるなんて、つゆほども疑っていないからよ。でないとあんな真似できるわけがない」

「でもそう考えると、辻褄が合いませんか。望月は楯岡さんと同じキネシクスの使い手だった。だから丸腰で相対すると嘘を見抜かれてしまうと気づき、大脳辺縁系の反射を弱めるような薬を服用して事情聴取に臨んだ。部下にも口裏を合わせるだけでなく、薬を飲ませた」

絵麻は立ち止まり、こぶしを口にあてて考える。

「なにがいちばん引っかかるって、望月からそれだけのカリスマを感じられない点よね」

「カリスマ、ですか」

「だって、望月が本物かペテン師かはともかく、社員全員に犯行の隠蔽に協力させているわけじゃない。複数犯という司法解剖の結果を考えると、殺人の実行に協力した者すらいるかもしれない。全部で十人……南さんが抜けて現在は九人の小さな会社とはいえ、そんなことが可能なのかしら」

「脅迫とか洗脳とかじゃないですか」

これまでの事件でも、そういうケースはあった。絶対悪にかかれば人の心は驚くほど簡単に支配され、操られる。

だが――。

「私もその可能性を考えたけど、望月からはそれを可能にするカリスマ性が感じられない」

「だから南さんに裏切られそうになったんじゃないですか」

「でも南さんを殺害し、部下には犯行の隠蔽にまで協力させている。望月はケチな詐欺師にはなれても、集団を支配して意のままに操れる器じゃない」

「器、ですか。犯罪者にもそういうの、あるんですかね」

「そりゃあるわよ。ビジネスでも犯罪でも、大きな計画を成功させるには他人を巻き込んで動かさないといけないもの。すぐれた経営者にはサイコパスが多いって話、聞いたことない？」

「どこかで聞いた気がします」

「組織が大きくなるほど、強いリーダーシップとカリスマ性が求められる。望月の会社もそれなりに利益を上げてはいるけど、これ以上の成長はないと思う。望月に大きな組織を束ねるだけのカリスマ性がないから」

ふいに、背後から男の声が飛んでくる。

「もしかしておれの噂かな」

振り返ると、そこには塚本が立っていた。ブランド物のスーツに身を固め、顎を触りながら片眉を歪める立ち姿が気障（きざ）っぽい。たしかにこの男なら、十人やそこらの集団なら洗脳してしまいそうだ。

「おまえ……なんで！」

西野は周囲の通行人が振り返るほどの声を上げた。

「久しぶりだな。西野」

呼び捨てにされて怒りのスイッチが入ったらしい。塚本に飛びかかろうとする気配を察して、絵麻はいった。

「私が頼んで、放火事件の捜査に協力してもらっている」

「どうしてですか！　どうしてこんなやつに！」

「こんなやつ呼ばわりは失礼じゃないか」

「うるさい！　ぶっとばされたいか」

「弱い犬ほどよく吠えるとは、よくいったものだ」

「弱いかどうか、たしかめてみるか」

「望むところだ」

二人の男が身構え、戦闘態勢に入る。

「やめなさい。こんな人目の多い場所で喧嘩なんかしたら、決着がつく前に二人とも檻の中よ」

「それなら人目につかないところに移動しないか」

「望むところだ」

西野は殴り合いも辞さないという雰囲気だったが、塚本がまともに取り合うはずもない。地上に出てビルの谷間にある庭園を優雅に散策し始める。

西野が塚本を指差した。

「こんなやつを信用するんですか」

「信用はしていない。でも利用価値はある」

「その通り」と得意げな塚本を、西野が鋭く睨む。

「毒をもって毒を制す、よ。楠木相手に正攻法じゃ対抗できない。リスクは負わないと」

「僕は反対です」

「おまえが反対しようと知ったことか。おれは絵麻に頼まれて動いている」

西野に勝ち誇ったような一瞥をくれ、塚本が絵麻を見た。

「ところでどうしたの。こんなところに現れて」

「中間報告だ。電話かメールでもよかったんだが、絵麻の顔が見たくてね」

けっ、と西野が聞こえよがしに鼻を鳴らす。

「楠木ゆりかへの面会記録を照会した」

「どうだった」

「ゼロだ。畑中尚芳以外に、楠木に面会している人物はいない」

「えっ」と思わず声が漏れた。予想外の報告だった。

「畑中以外にもフリーのジャーナリストやらが面会を申し込んだりしているが、すべて断っているようだ。ここ数年で楠木と面会しているのは夫である畑中と、絵麻だけだ」

「でも放火を畑中にやらせたのかという質問に、否定のマイクロジェスチャーが出ていた」

だから放火に畑中はかかわっていないと判断した。畑中も放火が楠木の仕業だと知らなかったはずだ。あの驚きが演技とは思えない。

「さあな。おれには理由まではわからない。絵麻がマイクロジェスチャーを見誤ったか、あるいは楠木があえて誤読させるように仕向けたか。それとも放火と楠木は、まったく関係ないか」

「それはありえない」

面会したときのあの喜色を全面に滲ませた姿を思い出す。まんまと目論見が嵌まって、狙い通り絵麻を呼び寄せることができたという表情だった。

「いずれにせよ、楠木と直接話したこともないおれには判断のつけようがない。もう一度、楠木に会ってきたらどうだ。おれが面会しようとしても、たぶん断られるだろうしな」

またあの女と会わなければならないのか。

「とにかくありがとう」

「どういたしまして」

芝居がかったお辞儀をした後で、塚本がいった。

「ところで、筒井巡査部長を見た」

「どこで」

反応したのは西野だった。

「畑中の周辺を調べようとしたときに見かけた。あの人はいま、畑中の行確（こうかく）についているみたいだな」

「そうなの？」

どこでなにをしているのか気になっていたが。

「ああ。ずいぶん感情的になっているようだ。畑中の犯行を確信しているというより、畑中が犯人であってほしいと願っているように感じる。娘の傍にいてやればいいものを。じっとしていられないんだろう」

あるいは、妻に責められるのに耐えられないのかもしれない。

「畑中の行確ってことは、あのときもいたんですかね」

西野がいっているのは、南圭一のマンションを訪ねたときのことだろう。あのとき畑中と遭遇した。

「かもしれない」

「だったら声ぐらいかけてくれりゃよかったのに。筒井さんも水くさいよ」

「綿貫は筒井さんに合流できたのかしら」

「綿貫というのは……？」

塚本が目を細めた。

「筒井さんの相棒。眼鏡をかけて背の高いひょろっとしたの、見なかった？」

「彼か。懐かしいな」思い出したようだ。

「見なかった。筒井巡査部長は単独行動をしている」

「筒井さんが畑中に張り付いてるって、綿貫さんに連絡したほうがいいですよね」

「そうね。どこでなにをしているかわかれば、少しは安心だし」

西野がスマートフォンで綿貫にメッセージを送る。

「ところで、あのケチな詐欺師にワッパかけられそうか」

塚本が話題を変えた。

「望月を知っているの」

「以前にたまたまテレビでババ抜き対決しているのを見た。しょうもないイカサマに、行動心理学がどうこう一生懸命覚えた蘊蓄を垂れてもっともらしく見せようとする姿は哀れを誘ったな。腹を抱えて笑ったよ。下手なお笑い番組よりよほどおもしろかった。まさか、あんな茶番に騙されるやつなんていないよな」

「あ、当たり前だ。あんなのただのマジックだ」

意味ありげな視線が西野を捉える。

「ならどういう仕掛けだ」

「あ?」

西野が一歩、後ずさる。

「マジックなんだろ?　どうやって相手の持ち札を見抜いている」

「そんなの、明かすのは野暮ってもんだ」

「懸命に虚勢を張る西野をこれ以上追い詰めるのも、野暮かもしれないな」

西野はむっとしたものの、反撃の言葉は見つからないらしい。

「絵麻たちが望月に接触したってことは、南圭一の死は殺人か。南は畑中に接触しようとしていたんだよな。望月に口封じされたか」

「捜査情報をペラペラ話すかよ」

西野が口を尖らせる。

「なるほど」と、塚本は頷いた。

「望月が犯人だと考えているんだな」

「なっ……」

西野が絶句する。塚本にも絵麻ほどではないが、キネシクスの覚えがある。西野のマイクロジェスチャーに気づくのも当然だった。

「南が告発しようとしていた望月の秘密は、わかったのか」

西野は反応しないよう、全身に力を入れて固まっている。

だが無駄だった。

「わからなかったのか。どうしてだ。あんなまがい物相手に手こずるなんて、絵麻らしくないな。体調でも悪かったか」

「体調が悪かったのは向こうよ」

つい口を開いてしまった。

塚本が合点がいったという顔になる。

「望月が風邪薬でも服用していたか」

変に隠し立てして嗅ぎ回られても面倒だ。すべてを話すことにした。

「もしかしたら睡眠導入剤とか向精神薬とか、より強い薬かもしれない。まったく反応が出なかった」

塚本が眉根を寄せる。

「服薬していたのは偶然か？　向精神薬ならともかく、睡眠導入剤なんて日中に服用するものじゃないだろう」

「あれが偶然なわけない」

西野の言葉に、塚本が怪訝そうな顔をした。

「あれ……？」

「おそらく全社員が服薬していたの。事情聴取した全員からマイクロジェスチャーが出なかった」

絵麻の話を西野が補足する。

「ぜったいおかしいですよ。証言自体は明らかに怪しくて、口裏合わせたみたいに誰からも同じ情報しか出てこないし、汗だくでしどろもどろになってるやつだっていたのに」

　塚本がかたちの良い眉を歪めた。

「絵麻がキネシクスの使い手だと、あらかじめ伝えたのか」

「まさか。そんなことしない」

「だが全員があらかじめ服薬した上で事情聴取に臨んだなんて、キネシクス対策としか考えられない。望月が絵麻をキネシクスの使い手だと気づいていた素振りは？」

　絵麻はかぶりを振った。

「ない。というか、そもそも薬でマイクロジェスチャーを抑え込んでいるのであれば、わからないけど。でも私の前で堂々とマインドサーチをやってのけたってことは……」

「気づいていないな。キネシクスの使い手相手にトランプを使ったペテンを仕掛けるなんて、イカサマに気づいてくださいというようなものだ」

　しばらく一点を見つめて考えてから、塚本が顔を上げる。

「服薬が望月の指示だとしたら、たんなる複数犯ではない。会社ぐるみの犯行という可能性が浮上する」

　絵麻は顎を引いた。

「殺害に加わっていなくても、隠蔽には加わっている」

「そんなことありうるのか」

塚本が独り言のように呟き、口を手で覆う。

「所詮マジシャンだ。多少の心理学の知識があったとしても、テレビでの言動を見る限り、他人を犯罪行為に荷担させるだけの洗脳スキルがあったとは、とても思えない」

望月智という人物にたいする塚本の評価も、絵麻と同じようだ。

ケチな詐欺師。小悪党。悪人には違いないが、多くの人間を脅迫あるいは洗脳し、犯罪に巻き込めるだけの力はない。

「望月を操る黒幕がいるんじゃないか。それこそ畑中を通じて楠木が指示を与えているとか」

「私もそれは考えた。でも部下の態度を見る限り、望月の上に真の支配者が存在することはなさそう。望月自身も誰かに指図されるのを好まず、お山の大将で威張り散らしたいタイプのように見える」

「だとしたら、社員たちは強制されたわけでなく、率先して殺人行為とその隠蔽に加わっている」

西野が鼻で笑った。

「率先して殺人に加わるなんて、そんなことあるわけない。二、三人ならともかく、九人もあんたみたいなサイコパスがたまたま集まったっていうのか」

「サイコパスじゃなくても、殺人に加わる可能性はある」

「たとえばなんだよ」

「殺人が、会社に勤務する全員にとって利益をもたらす、とか」

一瞬きょとんとした後で、西野は腹を抱えて笑った。

「バカか。そんなことがあるわけない」

「どうかな。南圭一は週刊誌に望月の秘密を告発しようとしていた。だがその秘密は望月だけではなく、会社全体で共有するような秘密だった可能性はないか。南の口を塞ぐことが、全員にとって利益になりえた」

そんなのねーよ、と小学生みたいな茶々を入れる西野を無視して、絵麻はいった。

「これはどう？　望月のなんらかのスキャンダルが発覚することで、望月のタレントパワー頼みの会社の経営は立ちゆかなくなり、全員が失職する」

「弱いな」

「会社ぐるみで詐欺行為に及んでいたので、告発されれば全員が逮捕される恐れがある」

「全員が逮捕されるというのは、悪くない考えだ。殺人の共謀あるいは隠蔽は、望月のためでなく、あくまで自分の保身のためだった」

「それなら望月にカリスマ性は必要ない」

「ああ。だが会社ぐるみの詐欺行為というのは、少し弱い。金はたしかに大きな動機になりうるが、九人から成る組織を一枚岩にできるかといえば……」

塚本のいいたいことはわかる。詐欺行為の隠蔽のために殺人を犯すというのは、動機としては成立する。しかし犯罪の隠蔽のためにさらに重い罪を犯すのに、抵抗を示す者も出てくるだろう。

「ただ方向性は悪くない。殺人は望月が社員を支配洗脳していたのではなく、社員全員が自分のために行った。被害者の告発はそれほど大きな爆弾だったし、被害者の口を塞ぐことで全員にメリットがあったんだ」

「グローバルレコメンデーション・ジャパンの社員全員で、告発されたら困る秘密を共有していた」

はたしてそんな秘密があるのか。

ふむ、と塚本が口もとに手を運ぶ。

「ポイントは、全社員からマイクロジェスチャーが消えた、ということだな。望月は絵麻がキネシクスの使い手だと気づいていない。それなのに、キネシクス対策を行っている。どう考えてもおかしい。やはり畑中が事前に情報を伝えていたんじゃないか」

「そんなことをして、畑中になんの得があるの」

そもそも畑中と取引したおかげで、捜査線上に望月が浮かび上がったのだ。

「畑中には得はないが、楠木はなにを考えているかわからないからな。警察の捜査をいたずらに妨害して楽しんでいるだけかもしれない」

不機嫌そうにそっぽを向いていた西野が、我慢できなくなったように会話に加わってくる。

「楠木には、畑中以外にも婆婆とのパイプがあるんじゃないですか。琴莉のアパートの放火に、畑中は関係していないんですよね」

「そうだったな。楠木の意思を婆婆で具現化する役割を担っているのは、畑中だけじゃない。珍しく冴えてるな、西野」

「なんで上から目線なんだよ」

西野が街のチンピラのように、腰を屈めて塚本を睨め上げる。

「どうだ、絵麻」

「うん。ちょっといま考えてる」

物事を複雑に捉え過ぎている気がする。

望月はキネシクスの使い手ではなく、ただのマジシャン。小悪党に過ぎず、人心を自在に操るだけの技術も才能もカリスマ性も兼ね備えてはいない。

それなのに絵麻の事情聴取になんらかの薬を服用して臨み、マイクロジェスチャーを抑え込んだ。それだけでなく、その後話を聞いた社員全員が事前に服薬し、キネシクス対策をしていた。絵麻自身は、キネシクスの使い手である片鱗すら覗かせていないにもかかわらず。

　そもそも南はなにを告発するつもりだったのか。おそらく望月だけでなく、会社全体にダメージを与える内容だった。望月に洗脳されずとも、社員たちは自らの保身のため、進んで殺人とその隠蔽に荷担した。キネシクス対策に薬を飲み、口裏合わせの指示に従った。

　違う——。

　ふいに閃きが駆け抜け、絵麻は目を見開いた。

「どうした」

「どうしました、楯岡さん」

　西野が顔の前で手を振る。

　絵麻はぽつりと呟いた。

「勘違いしてた」

　おそらく……いや、きっとそうだ。

「連中が服薬していたのは、キネシクス対策なんかじゃない」

　そう考えることで、すべての辻褄が合う。

真相は驚くほど単純だったのだ。

5

エレベーターの扉が開き、望月がおりてきた。前回と同じノータイの白シャツに黒ジャケットという服装で、颯爽と廊下を歩いてくる。

絵麻と西野は視線で合図を交わし、望月に歩み寄った。

「おはようございます」

西野が声をかける。

望月は誰だろうという顔をした後で「ああ」と声を上げた。

「刑事さんたち。どうなさったんですか。どうやってここに？」

警備員に事情を説明してビル内に入れてもらったのだが、あえて説明しない。

「あらためてお話をうかがいたい状況になりまして、少しだけお時間いただけますか」

絵麻は上目遣いでおねだりした。

「今日はちょっと忙しいのですが……どれぐらいかかりますか」

「そんなにお時間は取らせませんので。手早く済ませます」

「わかりました」

望月についていき、オフィスの扉の前に到着した。

「あれ？」と望月が首をかしげる。

「どうなさいましたか」

西野の棒読み演技は、もう少しどうにかならないものか。

ともあれ、望月はそれどころではないらしい。ガラス越しにオフィスを凝視している。灯りが点いておらず、薄暗い。

「なんで誰も来ていないんだ」

ちょっと待ってくださいと断り、望月はスマートフォンで電話をかけ始めた。つながらなかったようだ。別の相手に電話をかけながら、しきりに首をひねっている。

四人ほどかけたものの、結果は同じだった。

「電車が止まっているんじゃないですか」

絵麻の言葉に、不審げな顔が振り向く。

「そうなんですか。僕は車移動なもので」

「私たちが来るときには、問題なく動いていましたけど」

ねえ、と、絵麻と西野が頷き合った。

「それにしても、始業時間になっても誰も出社していないなんて……遅れるという連絡すらないし」

ぶつぶつ文句をいいながらカードキーで解錠し、オフィスに入って照明を点ける。昨日と同じ会議室に通された。

「少し待っていただけますか」

望月が部屋を出ていく。スマートフォンを耳にあてては、首をひねる動作を繰り返しているので、まだ電話をかけているようだ。

しかしつながらなかったらしく、会議室に戻ってきた。

「お待たせしました。お話というのは？」

席につきながらも、誰か来ないかとガラスの向こうをうかがっている。

絵麻はテーブルの上で両手を重ねた。

「実は、昨日披露していただいたマインドサーチ、もう一度お見せ願えないかと思いまして」

「は？」

さすがに面食らったらしい。望月が素っ頓狂な声を上げる。

「さっきも申し上げましたが、今日は忙しいんですが」

「でもほかの社員さんは、まだいらしていませんよね。こんな状態では、仕事を始められないでしょう」

絵麻はガラスの向こうのがらんとしたオフィスを示した。

「ですが……」

「お願いします。もう一度、あの妙技を見たいんです」

手を合わせて懇願する。

望月は困惑を露わにした。

「そんなことのために、わざわざいらしたんですか」

「お願いします」

不承ぶしょうという感じで、望月が腰を浮かせた。

「トランプを持ってきます」

「ありがとうございます！　西野、やったね」

ぽんぽんと二の腕を叩くと、西野は意味深な笑みを浮かべた。

いったん部屋を出た望月が、トランプの紙箱を持って戻ってくる。紙箱からカードの束を取り出し、テーブルの上で手を動かして綺麗なトランプの帯を作った。それから右端のカードを弾き、全体を裏返す。

絵麻は顔の横で両手を合わせた。

「さすが手つきが鮮やかですね！　調べてみたんだけど、これってマジック用語でスプレッドとターンオーバーっていうんですよね。カードを綺麗に広げるのはスプレッド、裏返すのはターンオーバー」

ぴくり、と、望月の頬が強張る。

「そうなんですか」

「違うんですか？」

「僕はマジシャンではないし、マジック用語をよく知らないので」

嘘を示すマイクロジェスチャーは見当たらない。

「そうでした。望月さんは心理学の専門家ですものね」

絵麻はにっこりと微笑んだ。

昨日と同じように絵麻が選んだ四枚のカードに、あらかじめ別にしておいたジョーカーを加える。

絵麻は五枚のカードを望月から見えないよう、扇状にして持った。ジョーカーは昨日と同じ、絵麻から見て左から二番目に配置している。

望月が顎を触りながら、カードを透視するように目を細めた。

「昨日は楯岡さんから見て左から二番目がジョーカーでした。素直な人なら前回と同じ場所にジョーカーを配置するのは避けるんです。ただ、裏をかくつもりで同じ場所に配置する人もいる。こういう人はどちらかといえばあまのじゃくなんですが、楯岡さんは警察官ですからね。犯罪者と渡り合う度胸も求められるし、大胆な作戦に出てくる可能性が高い」

望月はしばらく、五枚のカードを見つめていた。

「験は担ぐほうですか」

「どちらかといえばそうですね。靴を履くときには左足からって決めてるし、パワースポットにもよく行くし」

「思った通りだ。楯岡さんは勝負師なんですよ」

望月の手がのびてきて、絵麻から見て右側のカード二枚を引き抜いた。

絵麻の手もとに残ったカードは三枚。ジョーカーは中央。

「勝負師は験を担ぐ。そして大胆な作戦をとる度胸がある」

望月はジョーカーの左右のカードを、迷いなく引き抜いた。

西野の息を呑む気配が伝わってくる。

「これでいかがですか」

「すごい！　どうやってるんですか」

「行動心理学です」

「ちょっといいですか」

絵麻は腰を浮かせ、望月の前に置いてあるカードを引き寄せる。

五枚のカードを裏にして並べた。青地に白で細かい幾何学模様の描かれた、よくあるデザインのトランプだ。

「なにも仕掛けはありません」

望月がカードを回収しようとするのを、手を上げて制する。

「仕掛けがないならよく見せてください。調べてきたんです。マジック用のマークドデックというのがあるんですよね。一見すると違いがわからないけど、実はなんのカードかわかるような細かい模様が、裏面に描かれているっていう……そんなのすぐに気づくだろうと思うけど、意外とわからないものなんですよね。たとえば少しずつ画像の一部が変わっていく間違い探しクイズとかも、ちょっとした場所が変化していてもなかなか気づかない。これから変わりますよと宣言されているのに。人間って意外とおおざっぱにしか見ていないんですよね。あっ、もしかしてこれ――」

腕で覆い隠すようにしながら、強引にカードを回収された。望月がそそくさと紙箱にしまう。

「もういいでしょう。マークドなんとかなんて、僕は知らない。マジシャンではありませんので」

「違うんですか」

「違います。マインドサーチは行動心理学です」

「だったらもう一回だけ、勝負してもらえませんか」

望月が眉根を寄せた。

「実はマークドデックを使えないように、自分でカードを用意してきたんです」

絵麻が差し出した左手に、西野がトランプの紙箱を載せる。

「どうしてそこまで……」

「南圭一さんは、週刊誌の記者に望月さんのことを告発しようとしていました。もしかして、望月さんのマインドサーチがただの手品で、ペテンであるという内容だったのではないかと思ったんです。だってただの手品だったら、あなたはなんの特技もないただの人ってことになるじゃないですか。それなのに、心理学の専門家を謳って企業コンサルを行うなんて、もはや詐欺に近くないですか。大スキャンダルです。だからいろいろ調べてきたんですけど……イカサマでは、ないんですよね？」

「当たり前です。くだらない」

望月の顔は真っ赤になっている。

「だったら、こちらが用意したカードでもできますよね？」

しばらく絵麻を睨んでいた望月が、顎を引いた。

「できますよ。僕のマインドサーチに仕掛けがないとはっきりしたら、僕への疑いも晴れるんですよね」

「それ以外に告発されて困ることは？」

「ありません。南くんはおそらく、金に困って適当にスキャンダルをでっちあげようとしていたに違いない。うちの社員たちにも聞いたはずですよね。彼は酒癖が悪くて周囲に迷惑をかけることも多く、多額の借金もしていたどうしようもない男だった」

「事情聴取でなにを話したか、社員の皆さんに確認したのですか」

マイクロジェスチャーに頼る必要もない明らかな『驚き』と『恐怖』。望月が懸命に失点を取り返そうとする。

「社長としてすべてを把握するのは当然のことです」

「そんなことをされたら、言いたいことも言えなくなっちゃうと思うけど」

なんかそんな歌詞の曲があったっけ。考えてみるが思い出せない。

「うちはそういう会社なんです。僕がトップなんだから、社員が僕に従うのは当然です」

「なんか意外。あの望月智が、そんな昭和のモラハラ親爺（おやじ）社長みたいな感覚だったなんて」

「なんとでもいってください」

「心理学の専門家のわりに、めちゃくちゃ感情的ですよね。痛いところを突かれるとすぐにしどろもどろになったり、顔を真っ赤にして声を荒らげたり」

望月が眉を吊り上げ、『怒り』を露わにする。これだけ指摘してもまだ感情を制御することができないのか。

「もしもマインドサーチがイカサマでないと証明してもらえたら、今後望月さんを疑うようなことはいっさいしません。どうですか」

絵麻の提案に、望月が鼻息を荒くする。

「本当ですね」

「信じるか信じないかは、あなた次第」

鼻に皺を寄せる明白な『嫌悪』を表したものの、望月は勝負に応じた。

「わかりました。やりましょう」

「やった。じゃあカードを五枚、選びます」

紙箱から取り出したカードの束から五枚を抜き取り、望月から見えないよう扇状に開いた。

「さあ、ジョーカー以外を選んでください」

じっと扇の裏面を見つめていた望月が、おもむろに口を開く。

「これまで二度の勝負では、いずれも楯岡さんから見て左から二番目がジョーカーでした。三度目ともなると――」

「大丈夫ですか」

えっ、と望月が目を瞬かせる。

「すごい汗。暑いですか。それとも、緊張してます?」

額に浮いた汗が、こめかみに筋を引いている。ジャケットで隠れているが、シャツの腋の部分もぐっしょりと湿っているだろう。

「少し暑いですね。空調が入っていないせいかな」

望月がハンカチを取り出し、額を拭う。

「空調、必要ですか。まだ朝晩は肌寒いのに」

「僕は暑がりなんです」

「暑がりさんが多い会社ですよね。昨日お話をうかがった社員さんの中にも、汗びっしょりになっている方が何人かいらっしゃいました」

返事はない。望月は絵麻の手にしたカードをじっと見つめている。

「西野」

西野が立ち上がり、部屋の扉の横にあるパネルを操作して空調を入れた。

「さあ。続きをどうぞ」

絵麻は扇状のカードを差し出した。

望月の視線が、絵麻の手にしたカードの並びに沿って左右に動く。

「これまで二度同じ場所だったので、三度目ともなると、普通は場所を変えると思います。しかし楯岡さんほど肝の据わった方なら、また同じ場所に配置することもありえます」

「どうかしら。この勝負に自分の運命がかかっているのを忘れないでね」

「プレッシャーをかけるつもりですか」

「そう。心理戦っぽいでしょ」

笑ったつもりだろうが、片頰が痙攣しながら持ち上がる不自然な表情になっただけだった。

「やはり楯岡さんはとても肝が据わっている。三度目も同じ場所かな……」

望月の右手が伸びてくる。

左から二番目のカードの上まできて、止まった。

「いや。どうだろう。いま楯岡さんの口角が一瞬だけ持ち上がった気がする。もしかしたら違う場所……」

望月の右手がカード上を横に滑る。そうやって何度か往復した後で、なにかに気づいたらしく、大きく目を見開いた。

「どうしたの。早くカードを選んで」

絵麻は上目遣いで挑発する。

「でも……」

「でも、なに？」

ほら、早く選んで。絵麻が五枚のカードを突き出すと、望月はさっと手を引いた。

「どうしたの。なにやってるの」

何度か口を開け閉めしていた望月が、声を発する。

「イ……インチキだ！　僕をハメるつもりだろう！」

興奮のあまり声が裏返っていた。

「なんで？」

絵麻はトランプの扇で自分の口もとを覆う。

「だって、それ……そのカード……」

「なに？　思うところがあるのなら、はっきりいって」

何度かトランプの扇で唇をぱたぱた叩いた。「いえないか。いえるわけないよね。カードが全部白紙だなんて」

絵麻は本来数字が書かれているはずの面を上にして、テーブルに持ち札を広げた。すべて白紙だった。

「汚い真似しやがって！」

望月が立ち上がる。即座に西野も立ち上がり、望月を牽制（けんせい）する。

「汚い真似？　どっちが？」

絵麻はテーブルに頬杖をついた。

「じゃあ訊くけど、なんで私の持ち札が白紙だってわかったの？　マインドサーチが行動心理学なら、私の持ち札が白紙であることまではわからない。それともあなた、超能力者なの？」

望月が怒りに肩を震わせ、睨みつけてくる。その視線をひややかに受け止めつつ、絵麻は自分の右手中指あたりを左手で包んだ。

「その指輪でしょ。カードマジックやポーカーのイカサマをするための道具に、シャイナーというものがある。ようは反射材ね。小型の鏡を握り込む場合もあれば、あなたみたいに指輪を使用する場合もある。カードを引く際に相手のしぐさがどうこうといったもっともらしい話をして時間を稼ぎながら、指輪に反射した数字とマークを確認しているというわけ。だからあなたには、私の持ち札がすべて白紙だとわかった」

絵麻を鋭く睨んでいた視線は、いまや床に落ちていた。

「あなたは心理学の専門家でもなんでもない。ただのマジシャン……いや、マジックを自分の権威付けに利用して名声と金をえたあなたのような人を、マジシャンと呼んでほしくないでしょうね、本物のマジシャンは。ただのペテン師」

床に落ちていた視線が、絵麻に戻ってくる。その目は暗い輝きを帯びていた。

「あなたたち、いったいなんなんですか。マインドサーチがマジックだとしたら、犯罪なんですか」

「いいえ。犯罪じゃない。人を騙しているけど、法を犯してはいない。ギリギリグレーだと個人的には思うんだけど、現状法律では裁けない」

絵麻は眉を上下させた。

「だったら僕の勝手じゃないですか。なにをして人気をえようが金を稼ごうが、文句をいわれる筋合いはありません」

そのとき、オフィスのほうで足音がした。誰かが来たらしい。

「社員が出勤してきたようです。もう帰っていただけますか。僕は忙しいんだ。あなたたちのために使う時間はない」

絵麻と西野は立ち上がった。

「早く。出てください」

望月が扉を開き、顎をしゃくって退室を促してくる。

しかしオフィスのほうから近づいてくる人影を認め、色を失ったようだった。

入ってきたのは六本木のオフィスに似合わない、くすんだ色のスーツを着た集団だった。集団を率いるのは、綿貫だ。

綿貫は望月の前に立ち、ごほんと咳払いをした。

「望月智さんですね」

「はあ」

「警視庁捜査一課の綿貫と申します」

綿貫は行儀良くお辞儀をして、懐から折りたたんだ書類を取り出した。それを広げ、望月に提示する。

捜索令状だった。

「覚醒剤所持容疑で家宅捜索します」

「えっ……」

望月はそれきり言葉を失ったようだ。

オフィスに散らばった捜査員たちが、いっせいに覚醒剤を捜し始める。

「ちょっ……ちょっと待ってくれ！　いったいなにを根拠にこんなことを……」

「今朝早く、永野章史(あきふみ)を地域課員がたまたま職務質問したところ、覚醒剤〇・二グラムを所持していることが発覚し、緊急逮捕しました」

「永野が……？」

望月の顔は汗まみれになっている。

「ええ。永野はこちらの社員ですよね」

「そうですが、だからといってうちのオフィスを家捜しする根拠にはならない。永野個人の問題だ」

「実は職務質問で覚醒剤所持が発覚したのは、永野だけではありません。西村日向子(にしむらひなこ)、柏原亮(かしわばらりょう)、村杉佳美(むらすぎよしみ)、瀬倉(せくら)あずさ……」

綿貫が株式会社グローバルレコメンデーション・ジャパンの社員全員の名前を読み上げる間、望月は魂を抜かれたような顔で立ち尽くしていた。

「緊急逮捕した被疑者から、覚醒剤は会社の同僚から譲ってもらったという証言が複数挙がっています。会社全体に薬物汚染が蔓延（まんえん）していると判断し、家宅捜索に踏み切りました」

綿貫が捜索令状を几帳面に折りたたみ、懐にしまう。

望月は弾かれたように絵麻を振り向いた。

「騙したな！」

絵麻は西野と視線を合わせ、肩をすくめる。

「なんの話？」

「社員全員がたまたま職務質問を受けるなんてありえない。最初からマークしていたんだ」

「かりにそうだったとして、やましいところがなければ、なにごともなく解放されていただけでしょう」

「やり方が卑怯（ひきょう）だ！」

「よくそんなこといえるわね。人を楽しませるのが目的のはずのマジックを自己演出に利用して、実像よりも自分を大きく見せて世間を騙すのは卑怯じゃないっていうの」

「うるさい！　僕は悪いことをしてない！」

「そうなの？」

絵麻は自分の腕を抱え込み、片眉を持ち上げて望月を見つめた。

「マインドサーチのインチキはグレーかもしれないけど、それ以外に法を犯してはいない？」

「ああ。逮捕されるようなことはしていない。僕はなにも知らない」

望月が自分の胸に手をあて、潔白を主張する。

「やっぱりそうか」

望月の顔に疑問符が浮かぶ。

「潔白を主張するあなたからは、いっさいのなだめ行動やマイクロジェスチャーがうかがえない。昨日からそうで、ほかの社員に話を聞いたときも同じだった。私はてっきり、キネシクス対策に薬を飲んだと思っていた。あらかじめ私のキネシクスについての情報を仕入れていて、嘘を見破られないように対策したんだと」

「なんの話だ」

「こっちの話」と絵麻は両手を広げ、続ける。

「でも逆だったのよ。キネシクス対策に薬を飲んだのではなく、たまたま薬を飲んでいたからマイクロジェスチャーを抑え込めた。でもたまたま社員全員が体調を崩して服薬しているなんて状況、ちょっと不自然じゃない？　しかも誰一人、体調を崩しているような社員は見当たらない。そして事情聴取では不審なしぐさは出ないものの、証言自体には明らかに口裏を合わせた形跡がみられ、会社全体でなにかを隠蔽しようという姿勢がうかがえた。だから思ったの。もしかしてそれは、社員全員がたまたま服薬しているという事実と結びつくんじゃないかって。南圭一さんは、この会社に違法薬物の使用が蔓延していることを、週刊誌に告発しようとした。しかしそのことを同僚に気づかれ、記者に接触する前に口を塞がれた。そう考えるといろいろ合点がいくのよね。社員たちはあなたに洗脳されていたわけでも、あなたのことを守ろうとしたわけでもない。たんなる保身。南さんの告発が公になれば、自分たちが逮捕される。だから複数の社員で南さんを殺害したし、殺害に加わっていない者もその隠蔽に協力した」

絵麻は目をすがめた。

「あなた、大丈夫？　空調を十八度に設定してこんなに肌寒いのに、汗びっしょりだけど。体調が悪いのか、それとも……」

「バッグの中身を拝見しても？」

西野にいわれても、もはや反応すらできないようだった。

6

「乾杯」

西野が突き出してきたジョッキに自分のをぶつけ、絵麻はビールを口に含んだ。

ひと口で半分ほど飲み干した西野が、口の周りに泡をつけたまま気持ちよさそうに目を閉じる。

「くうっ。美味い。今日のビールはまた格別だ」

「いつもと同じ銘柄じゃない」

絵麻は黄金色の液体の中で立ちのぼる気泡を見つめる。

「そのいつもと同じが、いかに貴重かってことですよ。なんでもないようなことが幸せだったということに、僕は気づかされたんです」

「なにかの曲の歌詞で聞いたような台詞ね」

「西野、このところすごく悩んでたもんな。楯岡さんから避けられているんじゃないか、なにか嫌われるようなことをしたのかもしれない……って」

「ってか、なんで綿貫もいるの」

「いいじゃないですか。楯岡さんが僕を遠ざけている間、綿貫さんにはいろいろ相談に乗ってもらったんです」

西野が綿貫と頷き合う。

三人は新橋駅近くの大衆居酒屋のボックス席にいた。絵麻と西野が並んで座り、綿貫は絵麻の対面に陣取っている。久々に祝勝会をしましょうと西野から誘われたのだが、連れていかれた店には綿貫が待っていた。

「綿貫さんはいま絶賛落ち込み中ですから、僕らが励ましてあげましょう」

「あんたたち、すっかり連帯したのね」

綿貫といえば、やたらと西野にマウントを取っていた印象だが。

「もともと仲良かったですよ」

「ああ。だっておれたち、同じ捜一の仲間だもんな。いわば家族だ」

男たちのジョッキが、絵麻の目の前でぶつかる。

都合の良い記憶の改ざんが行われているようだが、仲が良くなって悪いことはない。

早くもジョッキを空にした西野が、タブレット端末でお替わりを注文する。

「僕らを家族にたとえると、筒井さんがお父さんで、楯岡さんがお母さん、僕と綿貫さんが兄弟」

それは聞き捨てならない。

「なんで私が母親なの。せめて姉にする気遣いはないの。そもそも筒井さんと夫婦って。親子とまではいわないけど、けっこう年齢差あるんだけど」

「筒井さん、心配ですよね」

無視かい。

「連絡は取れたの」

絵麻の質問に、綿貫はため息で応じた。

「まったく。電話しても折り返しはないし、メッセージに既読すらつきません。聡美ちゃんのところにすら顔を出していないらしいです」

「聡美ちゃんの意識が戻ったっていうのは？」

私はハイボールお願い。絵麻は西野のタブレット端末を覗き込む。

「もちろんメッセージに書きました。それなのに既読すらつかないんです。娘の安否より犯人への復讐優先なんですかね。ちょっと信じられない」

聡美の手術は成功し、無事意識が戻ったという。退院時期は未定だが、命に別状はないようだ。

綿貫は筒井をここに呼びたかったのかもしれないと、絵麻は思った。事件解決と聡美の回復を、筒井とともに祝いたかったのだ。

「筒井さん、まだ畑中に張り付いてるのかな」

西野がタブレット端末を充電器にセットした。

「知らん。もう好きにすればいい。捜査本部に顔も出さずに、なにやってるんだあの人は。事件解決が早かったからいいものの、長引いてたらかばいきれなかったぞ」

怒りを思い出したような、綿貫の投げやりな口調だった。

おれのお替わりも頼んでくれよ。綿貫がジョッキを空け、西野がふたたびタブレット端末を持ち上げる。

ええと、生もう一つ。端末を操作しながら西野がいった。

「そういえば望月のニュース、大変なことになってますね」

「そらそうだ。会社全体に違法薬物が蔓延してて、週刊誌に告発しようとした社員を会社ぐるみで抹殺したんだ。有名人が経営者じゃなくても騒ぎになる」

南圭一殺害の実行犯は、望月智を含む幹部四人だった。

半年前に入社した南は、身内に薬物依存症者がいた。そのため望月の言動に不審を抱き、彼が違法薬物を使用していると確信する。そしてマスコミに告発すべく、畑中にメールを送った。告発先に警察でなく週刊誌を選んだのは、謝礼金目当てだったからのようだ。畑中にたいして、謝礼がいくらもらえるのかと確認するようなメールが送信されていた。

告発に際して、証拠集めをしようとしていたのだろう。南はほかの社員たちに、望月の違法薬物使用の裏付けを取ろうと探りを入れていた。ところが違法薬物を使用していたのは、望月だけではなかった。違法薬物汚染は全社に及んでいたのだ。そのため南の動きはすぐに望月の知るところとなる。南が週刊誌記者に接触しようとしていることも筒抜けだった。

そしていよいよ南が畑中に会う予定が近づき、望月たち幹部は南の口封じを決意する。

南に大量の酒を飲ませて泥酔させ、自宅の湯船で溺死させるという計画だった。警察は事故死と判断するだろうし、監察医が優秀でなければ、実際にそうなるはずだった。まともな状態なら誰かがブレーキをかけそうなものだが、薬物は人から理性と良心を奪う。実行犯グループの誰も反対しなかったし、後日真相を知らされた社員の誰もが上層部を非難することはせずに、口裏合わせに協力したのだった。

家宅捜索の結果、望月の所持品からも覚醒剤が発見され、株式会社グローバルレコメンデーション・ジャパンの社員全員が逮捕されることになった。殺人についても、社員の間からは南の口封じを認めるような供述がちらほら出始めているらしい。絵麻の力が求められるほどでもないだろう。

お替わりが運ばれてきた。

「せっかく金持ってるのに、どうしてクスリなんかに使っちゃうのかな。あの会社、めちゃくちゃ儲かってそうだったじゃないですか」

西野がジョッキに口をつける。

「金持ってるから変なものに使っちまうんだろ」

綿貫は火照りをたしかめるように、自分の頬に手をあてた。

「僕ならそんな無駄なことには使わないけどな」

「たとえばなにに使うんだ」

綿貫が興味深そうな顔をする。

「まずは家、次に車、あとは服とか時計」

「おまえが高い服とか時計とか買うのは、じゅうぶん無駄だろうが」

「どうしてですか」

「価値がわからないし、似合わないからだ」

「そういうことといいます？　綿貫さんだって似たようなものでしょう」

「おれは普段からかなり身なりには気を遣っている。スーツはきちんと採寸したオーダースーツだし、眼鏡もブランドものだ」

綿貫が眼鏡のつるを握り、アピールする。

「そんなに頑張ったわりには、地方の信用金庫の職員みたいですけど」

「おまえな、それは聞き捨てならないぞ。地方の信用金庫の職員さんに謝れ」

「なんでですか。地方の信用金庫の職員さんは、仕事中はあえて地味な格好をしているのに、綿貫さんはめちゃくちゃ頑張っても地味だっていうたとえですよ」

さっきはずいぶん打ち解けたものだと驚いたが、早速揉め始めている。

こういうところも含めて、家族みたいといえるかもしれないが。

「これでもお洒落ですねとかイケメンですねって、よくいわれるんだぞ」

綿貫が自分の胸をこぶしで叩く。

「どこでいわれるんですか。どうせキャバクラとかでしょう」

「おれはおまえと違ってそんな遊びはしない」

「じゃあどこですか」

「聞き込み中だ」

西野が長い息をついた。

「あのね綿貫さん、それは心理学でいうゲイン効果ってやつですよ。刑事っていう肩書きのせいで、強面なんじゃないかと容姿についてあらかじめ低く見積もられているから、普通の信用金庫の職員みたいな人が現れたら評価が高くなるんです。ヤンキーがお婆ちゃんに親切にしているところを見たら、普通の人が同じことをしているより評価が上がるんです」

ねえ、と西野が同意を求めてくる。

絵麻は綿貫を見た。

「あとは隣にいる比較対象のせいで、相対的にお洒落に見えているのかも」

「そうだ！　筒井さんが隣にいるなんてずるい！　たいていの男はかっこよく見えちゃいます！」

西野が鬼の首を取ったようにいう。

「おまえ、いくらなんでも筒井さんに失礼じゃないか。そりゃたしかに、服を着たゴリラみたいな見た目で話し方もぶっきらぼうで怖いし、思い込みや決めつけは激しいし他人の助言は聞かないし、エンマ様にやたら対抗意識燃やして逆張りするくせにぜんぜん根拠なくて空振りばかりだし」

「いや。僕たちもそこまでは……」

「でもさ」と綿貫が語気を強め、西野がびくっと両肩を跳ね上げた。

「不器用だけどやさしいところもあるし、正義感強いし、どんなに証拠が乏しい事件でも粘り強く捜査に取り組むし、被害者の痛みをつねに想像しようとしているし、尊敬できるところもたくさんあるんだよ」

困惑した西野の顔が、絵麻のほうを向く。

綿貫はかすかに潤んだ目もとを、さりげなく親指で拭った。

「……すいません。おれとしたことが感情的に」

「ぜんぜんいいっすよ。筒井さんとのバディも、すぐに復活できますって」

西野が必死にフォローする。

「本当にそう思うか」

「思います。筒井さんと綿貫さんは、最高のバディだと思ってます」

「ありがとうな」

綿貫がこみ上げるものを呑み込むしぐさをする。それから絵麻を見た。

「手を引けっていうのは、やっぱり筒井さんにたいしてのメッセージですよね」

筒井の娘が襲われた事件のことをいっているらしい。

「だと思う。高校生の普通の女の子に、思い当たるふしがあるとは考えられない」

「ですよね」

「すみません」

西野が頭を下げた。

「どうしておまえが謝る」

「琴莉のアパート火災の捜査から手を引けっていう意味ですよね。これが楠木からのメッセージだとすると」

「だとしてもおまえが謝ることじゃない」

「綿貫のいう通り。それに手を引けっていうのが、言葉通りの意味だと思えない」

「どういうことですか」

綿貫が眉根を寄せる。

「警告を与えて手を引かせるのが狙いじゃなくて、筒井さんが暴走して、周囲が混乱しているいまの状況を作り出すのが本当の目的ってこと」

「そんなことをしてどうするんですか」

西野は素朴な疑問を口にした。

「どうもしない。ただ人間関係をかき乱し、混乱を巻き起こして楽しんでいる。やつにとって外の世界で犯罪を起こすのは、死刑執行までの暇つぶしに過ぎない。たまたま通行人が通りかかって声を上げたおかげで聡美ちゃんが一命を取り留めた、犯人が聡美ちゃんを殺し損ねたように見えているけど、実際にはじゅうぶんに目的を達している。本気で手を引かせようとも思っていない。むしろ筒井さんが怒り狂って暴走しているいまの状況を、歓迎していると思う」

だからこそ厄介なのだ。すでに死刑が確定している以上、逮捕も刑罰も恐れていない。真相に迫ろうとする者に警告を与え、手を引かせたところで、楠木にとってはなんの利益もない。自分に注意が向けられなくなることのほうが嫌だろう。

「最悪だな」

西野が真剣な顔つきになった。

じっと一点を見つめる絵麻の顔を、綿貫が覗き込む。

「どうしたんですか」

「いや……聡美ちゃんの事件について、一つ気になっていることがある」

「なんですか」

西野が首をひねり、顔をこちらに向けた。

「手口の変化」

「手口の、変化……」

綿貫が鸚鵡(おうむ)返しにする。

「最初は放火、次は刃物による襲撃。両方とも楠木ゆりかの差し金だとすれば、なぜ実行犯は手口を変えたのか」

二人の後輩刑事は答えが見つからないようだ。

すると、どこかから声がした。

「良い着眼点だ」

三人がいっせいに声のする方向を見る。

綿貫が背にしたパーティションの向こうだった。

やがてパーティションの上から、塚本がひょっこりと顔を覗かせる。

よほど驚いたのか、綿貫は幽霊を見たような顔で固まっている。

「久しぶりだな、綿貫」

どう反応しようか迷った挙げ句、喧嘩腰にならずに「お久しぶりです」と返すところが綿貫らしい。

「おまえ、いつの間に」

西野のほうは、いまにも席を立って飛びかかりそうだ。

「盗み聞きとは感心しないわね」

絵麻の言葉に、塚本は悪びれる様子もなく白い歯を見せた。

「盗み聞きじゃない。聞こえてきた」

隣の席から出てきた塚本は、ちゃっかりジョッキを手にしていた。

「せっかくだからご一緒させてもらっても、かまわないかな」

「ダメだね」

西野の意見を無視して、綿貫の隣の席に収まってしまう。

「まさかこんなところで、きみたちと会えるとは」

「しらじらしい演技はいいから。用件をいって」

絵麻は手をひらひらさせる。

「声をかける気はなかったんだが、おれの専門分野の話になりそうだったのでね」

塚本がジョッキを手ににっこりと笑った。

たしかにこの男の意見は参考になるかもしれない。

塚本は現在、プロファイラーとして警察庁所管のプロファイリングチームを率いている。

「聞かせてもらいましょうか。本職のプロファイラーさんのご高説を」

待ってましたとばかりに、塚本がテーブルの上で両手を重ねる。

「いま絵麻が口にした犯行手口の変化。これには大きな意味があると考えるべきだ。最初は放火、次は刃物。犯罪者だってこだわりがあるし、得意分野もある。なにより警察に捕まりたくはない。だから気まぐれに手口を変えたりしない」

「なら、どうして手口が変わる」

西野は焦れたように顔を突き出した。

「まあ、焦るな。そんなふうにせっかちだから、キャバクラでもモテないんだ」

「余計なお世話だ」

西野が真っ赤になっている。

塚本がピースサインを掲げた。

「考えられる可能性は二つある。まず一つ目は、筒井さんの娘への襲撃が、楠木とはまったく無関係な犯行である可能性だ」

「だとしたら、手を引け、という犯人の台詞はどういう意味だ」

西野は塚本を言い負かそうと必死だ。

「さあな。たんなる聞き間違いか、犯人がなんらかの妄想に囚われているか」

「そんな推理なら僕でもできる」

西野から鼻で笑われても意に介する様子もなく、塚本は続けた。

「続いて二つ目。西野の婚約者宅への放火と、筒井さんの娘への襲撃が、どちらも楠木の差し金である可能性の検証に移ろう。二つの事件の間隔はおよそ一週間。絵麻のいった通り、犯人は短期間で手口を変化させている」

ビールを口に含み、塚本は続けた。

「まずは一件目の放火だが、放火という犯罪は、男性によって起こされる割合が圧倒的に高い。その点では刃物による襲撃も同じだが、放火という犯罪の特性に目を向けるべきだ。綿貫、放火犯の犯人像を推定してみろ」

綿貫は戸惑いながらも、ニワカ犯罪心理学講師の期待に応えようとした。

「臆病な人間……ですか」

「なぜそう思う」

「放火は犯行の瞬間を目撃される可能性が低いからです」

「悪くない意見だ。ほかに、なにか意見のある者は」

塚本は正面に座る二人を見た。西野は最初から答える気などなさそうだ。

絵麻が口を開いた。

「腕力に自信がない」

「その通り」と塚本が人さし指を立てる。

「建造物に火を点けるという犯行は、極論、誰にでもできる。あくまで傾向だが、放火という手段を選ぶ犯罪者は、男性でも小柄で腕力に自信がなく、気が弱いタイプが多い。自身のコンプレックスを、放火という手段で解消しているんだ。たいして刃物での襲撃には反撃のリスクがつきまとう。今回のケースでは相手が女性であり、背後から襲ったからそのリスクは多少低くなっているものの、近づく際に気づかれたら激しい抵抗が予想される。犯人像としては短慮で感情的、思いついたらすぐに行動に移してしまうタイプが浮かび上がる。二つの事件をプロファイリングすると、犯人像がまったく異なる」

西野が乱暴にこめかみをかいた。

「ようするになにが言いたい。気弱でコンプレックスのかたまりだった犯人が、いきなり刃物を使った大胆な犯行に及んだ。二重人格だとでもいいたいのか」

「いいや、違う。残念だな、西野。ハズレだ」

「こ、答えてねえし」

西野が顔を背ける。

「連続して犯行に及ぶうちに、犯人が学習して手口に変化が見られることは、けっして珍しくない。だがさすがに、一週間でそれだけ大きな変化があったとは考えにくい」

ふいに閃きが弾け、絵麻は息を呑んだ。

塚本が目を細める。

「気づいたようだな。いや……たぶん、もともと気づいていた。ただそうであってほしくないという願望のせいで、可能性をあえて排除してしまっていた」

「どういうことですか、楯岡さん」

綿貫が身を乗り出してくる。

絵麻はいった。

「琴莉ちゃんの家に放火したのと、聡美ちゃんを襲ったのは、別人」

ボックス席にぎこちない沈黙がおりる。

沈黙を破ったのは綿貫だった。

「どういうことですか」

「わからないのか」塚本が無表情にいう。

「楠木の指示を受けて犯罪行為に及ぶ人間が、少なくとも二人存在しているってことだ。その二人は、畑中とは別ルートで指示を受けている」

「嘘だろう」ついに西野も黙っていられなくなったようだ。

「そんなしょうもない嘘をついて誰が得する。冗談にしても笑えない」

笑えないというくせに、塚本は薄笑いを浮かべている。

「でもおかしくないですか。楠木にとって、畑中が娑婆とつながる唯一のパイプ役だったのでは」と綿貫。

「畑中以外に面会者の記録もない」

これぞ本物のマジックだなと、塚本が皮肉っぽく笑った。

「手紙は？」

綿貫はさも大発見をした口ぶりだが、塚本はかぶりを振った。

「犯罪史上に名を残すだろう有名人だけに、毎日のようにいろんな人間から手紙が届いているようだが、楠木から返事を出した形跡はない」

絵麻は唇を噛んだ。

「もう一度、楠木に会いに行く」

「そんなことして大丈夫ですか」

西野がジョッキを持ったまま、不安げに眉尻を下げた。

「あの女が直接私に手出しできるわけじゃないし、平気。ただ、私を呼び寄せることこそがあの女の狙いだろうから、癪(しゃく)ではあるけれど」

「危険です。なんなら、僕が代わりに行きますよ」

「あんたが行ってどうするの。まんまと口車に乗って操られかねない」

「なら楯岡さんと一緒に行きます」

「やめて。あんたが隣にいたら、あの女の機嫌を損ねる」

「やつのご機嫌をうかがうっていうんですか」

「やつのしぐさから真実を見抜かないといけないんだから、その必要があるの。集中するためにも、ノイズは極力少なくしたい」

「僕はノイズかあ」

西野が悲しそうに口をすぼめる。

「しかたがない。相手はそこらの犯罪者じゃない。あの楠木ゆりかだ。彼女の怖さは、西野がいちばんよくわかっているんじゃないか」

塚本が諭す口調になる。

西野には楠木によって拉致監禁され、殺されそうになった過去があった。

「おれたちはおれたちに出来ることをやろう。それしかない」

綿貫に諭されても、西野は納得いかない様子だ。

「ちょっとお手洗いに」

腰を浮かせた綿貫が通路に出られるよう、塚本も立ち上がった。

そのとき、どこかから振動音が聞こえた。

「綿貫さん。電話じゃないですか」

テーブルの上で綿貫のスマートフォンが光っている。なにげなく液晶画面を覗き込んだ綿貫が「あっ」と声を上げた。

「筒井さんから！」

「えっ？」と西野が腰を浮かせる。

綿貫は心構えを促すようにほかの面子（メンツ）の顔を見回し、電話に応答した。

「もしもし、筒井さん。いまどこでなにをしているんですか……おれですか。おれは、いま新橋で飲んでいます。楯岡さんと西野……あと、どういうわけか塚本さんもいます。え…… いいんですか。じゃあ、スピーカーにします」

綿貫がスピーカーに切り替え、スマートフォンをテーブルの中央に置いた。

「筒井さんですか」

絵麻はスマートフォンに語りかけた。

『ああ』

「元気ないじゃないですか。声がやつれてますよ」

『うるせえな。相変わらず口の減らないやつだ。元気がないんじゃない。声を殺してるんだ』

「どこでなにやってるんですか。みんな心配してたんですよ」

「本当だ」

そういったのは西野だ。

『すまねえな。ちょっと野暮用でよ』

「その野暮用で綿貫さんがどれだけ大変な思いをしたか、わかってるんですか」

「西野」

そんなことはいい、というふうに、綿貫が顔を横に振る。

『すまなかったな、綿貫。楯岡に西野も』

「えらく殊勝じゃないですか。明日は大地震でも来るのかしら」

絵麻の軽口に『少しは黙れ』と応じながらも、その口調はどこか軽やかだ。かすかな『喜び』すら感じられる。

『おまえらに迷惑かけたぶん、でっかい土産がある』

「なんですか」と綿貫。

『畑中の後をつけていたら、誰を見つけたと思うよ』

「芸能人ですか？　ヒントをください」

西野が前のめりになる。

『馬鹿野郎。なんで芸能人を見かけたぐらいで喜んで電話するんだ。おまえじゃないんだぞ』

そういった後で、さっさと正解を告げた。

『広瀬真沙代』

一瞬、沈黙が降りた。

「それはモデルさんですか。それとも女優？　アイドルかな」

『だから芸能人じゃないっていってるだろうが』

西野が叱られる。

「あっ」と顔を上げたのは、絵麻だった。

「あの作家のマネージャーだった女ですか」

『そうだ』

「あああっ！」

綿貫と西野が声を合わせた。

「あの、オンラインサロンをやってた佐藤なんとかという小説家ですね」

「青南……たしかそんな名前だった。佐藤青南」

二人で記憶を掘り起こしている。

およそ二年前に絵麻と対決し、殺人罪で逮捕した小説家のマネージメントを担当していたのが、広瀬真沙代だった。小説家の逮捕後、周辺捜査を続ける過程で、その不自然な存在感が浮き彫りになった。

どう見てもせいぜい三十代にしか見えない広瀬の戸籍上の年齢は、六十二歳だった。

高級マンション暮らしで派手に散財する私生活も明らかになった。そしてなにより、事件について話を聞くために事情聴取をしようとしたタイミングで、忽然と姿を消したのだった。あの事件では実行犯こそ小説家だったが、実際の黒幕は広瀬だったのではないかと、絵麻は考えている。しかし確証はないし、指名手配するような容疑もない。まったく足取りがつかめないのでは、真相をたしかめようがなかった。

その広瀬が、畑中と――？

「どこで見かけたんですか」

『西高島平だ。もっともいまは、広瀬真沙代という名前ではないみたいだがな。だがあれはどう見ても広瀬だ』

「広瀬は畑中とつながっているんですか」

『ああ。広瀬らしき女と会っていた。人目を忍んでいたが、男女の関係ではなさそうだった。なにやら悪巧みをしていたんだろう』

考えたんだが、と、筒井が続ける。

『放火も聡美の件も、やっぱり畑中が絡んでいるんじゃないか。畑中と広瀬が共謀してやったんだ』

「筒井さん。聡美ちゃん、意識を取り戻しましたよ」

綿貫の報告に、筒井が絶句する。

しばらくして聞こえてきた声は、先ほどまでより穏やかになっていた。

『そうか。よかった』

「ええ。ですからひとまず聡美ちゃんに会いに行ってあげたらどうでしょう。お父さんが来てくれたら、聡美ちゃんも喜ぶと思います」

筒井が押し黙った。背景に自動車の走行音が聞こえる。

『おれは……いい』

「どうしてですか」

西野がスマートフォンに嚙みつかんばかりに顔を近づける。

『聡美が襲われたのは、おれのせいだ』

「それは違う」と塚本が口を挟んだ。

「あなたは職務に忠実だっただけだ。あなたが悪いことなんてなにもない」

返答まで数秒の間があった。

『あんたにそんなことをいわれるとはな』自嘲気味な笑い声が挟まる。

『どっちに理があるかなんて関係ない。重要なのは、聡美が襲われて、下手したら殺されたかもしれないって事実だ。おれがいたら家族が狙われる。おれが正しいとか、間違っているとかはどうでもいい。これ以上、家族に迷惑をかけたくない。それだけだ』

でもよかった、もしものことがあったら。そう呟く筒井の声は、語尾が弱々しく震えていた。

「でも筒井さん――」

なおも説得しようとする西野を、絵麻が手の平を向けて黙らせる。

「わかりました、筒井さん。病院に行く行かないはひとまずおいて、広瀬の話に戻しましょう。西高島平といわれましたけど、広瀬はそこでなにをしているのですか」

『住んでいる』

「広瀬のヤサを突き止めたんですか」

綿貫は眼鏡を直しながら訊いた。

『ああ。おそらくあれがそうだ』

筒井は広瀬の住まいが見える位置にいるようだ。張り込みをしているのだろうか。

『畑中をつけていたら、駅前の喫茶店で女と会ったんだ。交際相手か取材相手かと思っていたが、どうも様子がおかしい。よくよく観察したら見覚えのある顔で、鳥肌が立ったぜ。あの広瀬だったんだからな』

そして行確対象を広瀬に変更したということらしい。

「あの女、まさか都内に潜伏していたとは」

西野が驚いたようなあきれたような息をつく。

『潜伏しちゃいねえ』

「どういうことですか」

絵麻は訊いた。

『信じられない話だが、でっかい一戸建てに堂々と暮らしてるよ。表札は広瀬じゃなくて勅使河原という名前だが』

「珍しい苗字ですね」と西野。

「本当に広瀬なんですか。人違いじゃなく」

綿貫が念押しする。

『間違いない。以前はおろしていた髪を後ろで縛って多少印象は変わってるが、あれは広瀬だ』

「それで、これからどうするつもりですか」

絵麻の問いかけに、筒井は軽く咳払いをしてからいう。

『あの女になにか動きがあるまで見張る。その間、畑中の行確を頼みたい』

そのために綿貫に電話してきたらしい。

綿貫が応じる。

「かまいませんけど、そっちも筒井さん一人ってわけにはいかないんじゃないですか。トイレとか、睡眠だって必要だし、交替要員がいたほうがいいでしょう」

「そうですよ。あまり無理すると、肝心な場面で集中力が足りなくなって大ポカをやらかす可能性があります」

『おめえじゃねえんだぞ、西野』

筒井はそういって笑ったものの、提案を検討しているようだ。無言で黙り込んでいる。

『わかった』

綿貫がやった、という感じで顔を上げ、同僚たちを見た。

「すぐにそっちに向かいますので、詳しい場所を教えてください」

『西高島平の……ええと、町名はなんだっけ』

住所表示板を探しているようだ。

「スマホで位置情報を送ってもらえれば」

『どうやってやるのか、わかんねえんだ』

苛立ったような声が応じた。

その直後だった。

どすんという物音とともに『うっ』と小さな呻きが聞こえてくる。

綿貫の不安げな上目遣いが、周囲を見る。

「どうしました？　筒井さん？」

『いって……なにしやが――』

筒井がいい終える前に、ふたたびどすんと音が響いた。その後に続くガシャンという音は、スマートフォンを落としたのだろう。

「筒井さん？　筒井さん？」

呼びかけに反応はなく、綿貫の顔が見る間に青ざめていく。

塚本が立ち上がった。

「まずい。行くぞ」

西野が会計を済ませる間に、塚本が外でタクシーを拾う。

四人でタクシーに乗り込んで西高島平に向かった。つないだままの綿貫の電話からは、もうなにも聞こえてこない。西野は西高島平を管轄する三園警察署に電話した。筒井が絡んでいると思しき通報は入っていないようだ。勅使河原という住民の住まいの近くを見に行ってくれるよう要請する。

「珍しい苗字で助かったな。これが高橋とか鈴木だったら捜索のあてすらなかったぞ」

塚本のいう通りだった。

すぐに三園署からの報告があった。勅使河原という住民の住まいは見つかった。ところが勅使河原邸を訪ねても反応がなく、周囲には筒井らしき人物の姿も見当たらないという。

タクシーで十五分ほど走ったところで、綿貫の電話に音声が聞こえた。

「もしもし？　筒井さん？」

綿貫がスマートフォンに呼びかける。

応じたのは、聞き覚えのない男の声だった。

『もしもし、どちらさまでしょうか』

「警視庁捜査一課の綿貫と申します」

『そうでしたか。ということは、このスマホは筒井巡査部長の？』

「そうです。あなたは？」

『三園署地域課の吉村（よしむら）と申します』

筒井の捜索に協力してくれている警察官のようだ。

「ってことは、見当違いの場所を捜してるわけでもないらしいな」

塚本が腕組みをしながら顎を触る。

吉村が状況を報告する。

『周囲を検分してみましたが、筒井巡査部長は見つかっていません。勅使河原さんも留守のようです』

「そんなわけない！　筒井さんはその家の住人の行動確認をしていたんです！」

西野はほぼ怒鳴っていた。

『そういわれましても……』

吉村の困惑は当然だった。証拠がなにもない状況で、しかもこの遅い時間に、いち市民の家に踏み込むわけにはいかない。

「我々ももうすぐ到着しますので、捜索を続行していただけますか」

『わかりました』

タクシーが西高島平の勅使河原邸前に停車したのは、それから十分後のことだった。タクシーに乗り込むときには霧雨だったのが、地面を叩くような本降りになっている。支払いを済ませて車をおりると、制服警官が待ちかまえていた。一同に敬礼をして自己紹介する。彼が先ほど綿貫と通話した吉村のようだ。声の印象よりも、いくぶん若く見える。

タクシーが走り去る。

勅使河原邸は二階建ての木造住宅だった。敷地を囲うブロック塀はところどころ苔（こけ）が生（む）しているので、それなりに古い建物のようだ。窓は暗く、灯りはともっていない。事前の報告通り留守か、あるいはすでに就寝しているように見える。確たる根拠もなくこの家のインターフォンを鳴らすのは気が引けるだろう。

「こちらが、筒井巡査部長のものと思われるスマホです」

吉村がハンカチにくるんだスマートフォンを差し出してくる。落とした拍子に割れたのか、液晶画面には蜘蛛（くも）の巣のようなヒビが走っていた。

「これはどこで？」

綿貫が質問すると、吉村は「こちらです」と歩き出した。勅使河原邸を背にして歩き、角を曲がったところで振り返る。

「ちょうどこのあたりでしょうか」

吉村が指さしたのは、植栽の土だった。レンガを模した歩道に沿うように、草花が植えられている。

「たしかにここからなら、あの家を見張ることができるな」

塚本が雨を避けるように手でひさしを作り、角から勅使河原邸を覗き込む。

「筒井さんはこの場所から勅使河原邸を見張っていた。けれど何者かに背後から襲われ、格闘になった」

絵麻はそのときの状況を頭の中で再現した。普段の筒井であれば、不審者の接近に気づいただろう。しかし娘が襲われた心労と、何日もまともに眠っていなかったであろう肉体の疲労、広瀬真沙代を発見した興奮に、綿貫に電話中だった油断が重なってしまった。

「けど、いまのところ筒井さんが発見されていないってことは」

西野の問いに塚本が答える。

「逃げたんだろう。逃げおおせていればいいんだが」

手分けして周辺を捜してみることにした。

しかし夜の住宅街には筒井の姿も、襲撃者の影も見当たらない。

絵麻がぐるりと区画を一周したところで、逆方向から歩いてきた西野と出くわした。

「勅使河原邸を訪ねてみませんか」

絵麻もそれを考えていた。

来た道を引き返し、勅使河原邸に向かう。

門柱には「勅使河原」と刻まれた表札が掲げられていて、その下にインターフォンが設置されていた。

呼び出しボタンを押してみる。

反応はない。

もう一度押してみたが、結果は同じだった。

すると西野が鉄製の門扉に向かい、ハンドルレバーに手をかける。ハンドルレバーを回転させることで、内側の閂(かんぬき)が外れる仕組みだった。

「待って。なにやってるの」

絵麻は慌てて止めた。

「この家に筒井さんが監禁されているかもしれません」

「かもしれない、で立ち入るわけにはいかないでしょう。警察官が法を犯してどうするの」

「でも急がないと筒井さんの身が……」

「気持ちはわかるけど」

この家の住人が広瀬真沙代である証拠はない。たんに筒井が電話でそう話しただけだ。そして広瀬真沙代だったとしても、いまのところ踏み込むだけの法的根拠はない。

とはいえ、西野の主張も理解できる。筒井は広瀬を張り込んでいる途中で、何者かに襲われた。広瀬がもっとも怪しい。広瀬が本当にこの家に住んでいるのなら、筒井がこの家に連れ込まれた可能性もある。一刻を争う事態に、物証やらしかるべき手続きにこだわっていたら手遅れになる。

そのときだった。

「どうした」

塚本が歩み寄ってきた。

「あんたには関係ない」

西野が不機嫌そうに顔を背ける。塚本を避けているというより、いままさに法を犯そうとしている瞬間を見られた気まずさが強いようだ。

「つれないな。おれたちは仲間じゃないか」

塚本がハンドルレバーに手をのばす。

「慣れないことはするものじゃない」

「待って」

絵麻が口にしたときには、塚本は閂を外し、門扉を半分開いていた。

「目を閉じておけ。これから起こることは、あくまでおれの意思によるものだ。きみたちは不法侵入の事実を知らない」

「いまさらそんなこと、できない」

絵麻の言葉に、塚本が鼻白んだような顔をする。

「おいおい。筒井さんを助けたいんじゃないのか」

「この家に侵入することが、筒井さんを救うことになるかはわからない」

「わからないから侵入してみるんじゃないか。ここにいないのであれば、よそを捜せばいい。可能性を潰すだけだ。捜査の基本だろう」

なあ、と西野に同意を求める。今回ばかりは西野も塚本に反対できないようだ。

張り詰めた空気はしかし、スマートフォンの振動で破れた。

西野に電話がかかってきたらしい。

「綿貫さんからです」

そう断って、応答する。

「もしもし……え、マジですか？」

西野は顔を上げた。「筒井さん、見つかったみたいです」

塚本が門扉を閉じた。

通話を終えると、三人は綿貫から教えられた場所へと急いだ。

そこは住宅街の中にある、小さな公園だった。公園の敷地の隅のほうに、綿貫と吉村の姿が見える。

「この中に」

綿貫が指さした筒状の建造物は、公衆トイレだった。ドアノブには使用中を示す赤いサインが見える。誰かがこの中にいるのは間違いないようだ。

「筒井さんなんですか」

西野の声はやや疑わしげだ。

「呼びかけるとかすかな呻き声しか聞こえないから、確実とはいえないが」

この時間に公園の公衆トイレにこもっているのだから、尋常ではない。内部をたしかめる必要がある。

綿貫は扉を手で叩きながら、あらためて呼びかけた。

「筒井さん？　聞こえますか？」

じっと耳を澄ましてみたが、もうなにも聞こえない。

「反応がなくなった」

吉村の顔は暗がりでもわかるほど、血の気が引いている。

「工具を持ってきてもらえますか」

綿貫の指示で吉村が走り出す。

が、「その必要はない」という塚本の言葉で立ち止まった。

「この状況なら、かまわないよな」

塚本がこちらを見る。

絵麻は頷いた。

塚本が綿貫に代わって、扉の前に立つ。ポケットから取り出した金具を扉の隙間に差し込み、かちゃかちゃ音をさせると、ものの数秒で鍵の外れる音がした。

得意げにこちらを一瞥した塚本が、扉を開く。

絵麻は思わず息を呑んだ。

筒井がいた。

洋式便器に背中をもたせかけるような姿勢で横たわっている。

そしてワイシャツの腹のあたりが、赤黒く染まっていた。

第三話

ラスト・ヴォイス

1

アクリル板の向こうで扉が開き、女が入室してくる。白いブラウスにベージュのパンツ。肩までのばした髪の毛はつややかで、肌は透き通るように白く、とても四十代には見えない。

楠木ゆりか。共犯の女と少なくとも十二件の殺人行為に及んだとして逮捕・起訴され、最高裁で極刑が確定した死刑囚だ。

「来てくれたんだ」

楠木は無邪気に口角を持ち上げ、絵麻の対面で椅子を引いた。紺色の制服を着た刑務官が、部屋の奥で影のように控える。

「やってくれたわね」

「なにが？」

楠木はアクリル板からカウンター状にせり出したテーブルに両肘をつき、重ねた手の上に顎を乗せる。

「狙うなら私を直接狙えばいい」

死刑囚が不服そうに唇をすぼめる。

「そんなことをしたら、絵麻に会えなくなっちゃう……あ、絵麻って呼んでいい？」

「嫌だ」という意思表示は無視された。

「私のことも下の名前で呼んでくれてかまわないわよ。というか、むしろ呼んでほしい。ねえ……ゆりかって呼んでみて」

「認めるのね」

「なにを？」

楠木が小首をかしげる。

「同僚の家族を襲わせた。その後、その同僚のことも」

「大変。そんなことがあったの？」

楠木は両手で自分の口を覆った。

「見え透いた猿芝居はやめて。マイクロジェスチャーが出まくってる」

楠木の瞳に冷たい光が宿る。

「だったらなに？　そんなものが証拠になるの？」

「誰にやらせたの」

「なんの話？」

「あなたが指図して、誰かにやらせた。ただしそれは、夫である畑中ではない。そうよね」

「どうかしら」

顎に人さし指をあててとぼけているが、その直前に肯定のマイクロジェスチャーが出ていた。やはり畑中は関与していない。

「広瀬真沙代」

名前を挙げて様子を見てみたが、不審なしぐさはない。

知らないのか？

「誰、それ」

本当に知らないようだ。しかし考えてみれば、広瀬真沙代というのが本名かすらわからない。戸籍の年齢と見た目の年齢に大きなずれがあることから、誰かの戸籍を乗っ取った可能性も考えられる。

「あなたと同類の女。何度も結婚して、なぜか夫との死別を繰り返している」

ふうん、と楠木はさして関心なさそうに相槌を打った。

「その女がどうしたの」

「畑中と会っていたみたい」

「そうなの。別にいいんじゃない」

書類上の夫がどこでなにをしようが、本気で興味がないらしい。

ふいに楠木が噴き出した。

「畑中の女性の趣味って、一貫してるなと思って」

「かもしれないわね。どちらも男を養分にして生きている」

「そう。カマキリ女」

「カマキリ女？」

楠木は嬉しそうに舌なめずりした。

「カマキリのメスが交尾中にオスを食べちゃうって話を聞いたことは？」

「ある」

「どうして食べると思う？」

「そこまでは知らない」

「栄養補給のためよ。共食いをしたメスのほうが、共食いをしなかったメスよりも、平均して倍以上も多く卵を産むという研究結果がある。オスにとって、メスに自分の命を捧（ささ）げるのは子孫をより多く残すための、いわば投資なの。だからオスは喜んで自分の命を差し出すし、メスは生きるためにオスの頭を食いちぎる」

「あなたの見た目が若いのは、あなたの犠牲になった男たちのおかげってことね」

「私にとって、本能なのよ。男を利用し、殺すのは」

「いまさら自己弁護したところで、あなたへの判決が覆ることはないけれど」

「そんなことは望んでいない。私はただ、愛する絵麻に、私のことを正しく理解してほしいだけ」

真っ直ぐに訴えかけてくる潤んだ瞳に嘘はない。それがいっそう気持ち悪い。

「畑中を通じて、カマキリ女になんらかの指示を出したんじゃないの」

「かもしれないわね」

はっとした。

「違うんだ……広瀬に接触したのは、あくまで畑中の意思」

「さすがね。なんでもお見通しなんだ」

楠木はあきれた表情を装うものの、『驚き』の微細表情もともなっている。

「再確認しておくけど、私の同僚の婚約者のアパートに放火したのと――」

「西野くんね。元気にしてる？」

無視して続けた。

「私の同僚の娘さん、そしてその同僚を襲撃したのは――」

「筒井さんでしょ。その娘はたしか……聡美ちゃん」

馴れ馴れしい口調にかっとなりかけたが、懸命に自制した。

「すべて同一犯の仕業なの？」

「私に訊かれてもわからない」

その言葉に嘘はない。

　絵麻は眉をひそめた。

「どういうこと？　三つの事件が同一犯かどうか、あなたにはわからない。指示は出したのよね」

「だからわからないってば」

　これには嘘を示すマイクロジェスチャーがあった。

「誰に指示を出したの？　畑中以外に、あなたは誰とつながっているの」

「さあて、誰でしょう」

「ふざけてないで教えて」

「そんなのすぐに教えちゃったらつまらないでしょう？　あらかじめ犯人がわかっているミステリー小説を読みたいと思う？」

　楠木の後方で存在感を消していた刑務官が、ふいに腰を浮かせる。時間のようだ。

「教えなさい！」

「また来てくれたら考えるわ」

　いたずらっぽい笑みを残し、楠木が椅子を引いた。

　背を向けて部屋を出ようとしたところで、絵麻のほうを振り向く。

「そうそう。筒井さん、大丈夫？」

　怒りで視界が狭くなる。絵麻は爆発しないよう奥歯を嚙みしめた。

筒井は現在、中野の警察病院に入院している。かろうじて一命を取り留めたものの、意識はまだ戻っていない。

何者かによって背後から襲われた筒井は、何度も刺されながら懸命に応戦し、襲撃者の隙をついて逃走した。最初は近隣の交番で助けを求めようとしたらしい。交番の防犯カメラ映像に、倒れ込むようにしながら駆け込む筒井の姿が捉えられていた。だが不運にも交番の地域課員はパトロールに出ており、交番は無人だった。追われる身である筒井に地域課員の戻りを待つ余裕などなく、すぐに交番を出た。その後、公園の公衆トイレに駆け込み、施錠した後で意識を失ったらしい。

絵麻は無言で楠木を睨んだ。

楠木の表情が緩み、じわじわと笑みが広がる。

「かわいそうに。早くよくなるよう、祈っている」

やはり筒井の容態を把握していたか。

「またね、絵麻」

楠木が片目を瞑（つむ）ると扉が閉まり、面会室には絵麻一人が残された。

2

「なんなんですか、いったい」

畑中がなで肩を精一杯に持ち上げて虚勢を張りつつ、取調室を見回している。

「なんでここに呼ばれたのか、心当たりがないっていうの」

絵麻はデスクの上で両手を重ね、事件の参考人となった男を真っ直ぐに見つめた。

絵麻の背後では、西野が壁に向かってノートパソコンを開いている。

「ええ。まったく」

畑中が顔を大きく左右に振る。

「頷きのマイクロジェスチャーが出てるけど」

「これがキネシクスってやつですね。いやあ、一度体験してみたかったんですよ。良い取材になります」

「取材の成果を発表する場があればいいけど」

「脅しのつもりですか。私は法に触れることなど、なにもしていません」

この発言に不審なしぐさがいっさいないのが腹立たしい。

「あなた自身がやっていなくても——」

「教唆の可能性がある……そういいたいのでしょう。ですが残念ながら、まあ、あくまで楯岡さんにとっては残念ながらですが、私は誰かをそそのかして犯罪を実行させたりもしていない」

なだめ行動なし。

無念だが、この男を逮捕することはできないようだ。

「広瀬真沙代は知ってるわよね」

頷きのマイクロジェスチャーの後で、中空を見つめて思い出そうとする演技をしたところで無駄だ。

「さあ。聞いたことのない名前です」

「どうやって知り合ったの」

「私の話を聞いていましたか」

「話は聞いていないけど、あなたのしぐさはしっかり観察していた。あなたは広瀬を知っている。体験してみたかったんでしょう？　キネシクス」

畑中はやれやれという感じで、髪の毛をかいた。

「参ったな」

「どうやって知り合ったの。あなたから接近した？」

かすかに顎が上下する。

「広瀬が佐藤青南という小説家のマネージメントを行っていたのは、知ってるわよね」

観念したらしく、畑中が口を開く。

「ええ、まあ」

「広瀬は佐藤を意のままに操って私腹を肥やすだけでなく、殺人まで行わせていた」

「それは警察としての公式見解ですか。佐藤が殺人に手を染めたのは、自らの意思によるものだったのでは」

「本人はそのつもりかもしれない。自覚がないだろうし、かりに自覚があったとしても、小説家なんてプライドの高い人種は他人の意のままに操られていたなんて認めたくないだろうし。他人に操られて犯罪行為に及んだなんて認めるのはダサいから、すべて自分の意思だったと思い込もうとする。認知的不協和を解消するために、あえて認知を歪める」

「だからそれは、公式見解ですか」

「わざわざ説明しなくてもわかるでしょう」

「……わかりました」

畑中が軽く口角を持ち上げる。

「広瀬は佐藤の逮捕によって贅沢三昧（ぜいたくざんまい）の生活を送れなくなり、警察を恨んでいた。だから接触した」

「その通りです」

もはや抵抗はなかった。

「それは楠木の指示？」

「違います」

かぶりを振るしぐさに嘘はない。楠木の反応と辻褄が合う。畑中が広瀬に接触したのは完全に畑中の意思によるもので、楠木の指示はない。

「なにを企んでいたの」

「取材です」

「なんの？」

「彼女の歩んだ人生について」

嘘っぱちだ。

絵麻は椅子の背もたれに身を預けた。

「隠したって時間の無駄になるだけなのは、じゅうぶんに理解してもらえたと思ったのに」

畑中がじっと目を細める。

「出てました？　変なしぐさ」

「出てた」

はあっと深い吐息が漏れた。

「本当にすごい。まさしくエンマ様だ」

畑中は顔をしかめた。「でもいえません」

「どうして？」

「どうしてもです」

「健気（けなげ）なものね。まだ楠木に操を立てようとしてるの」

絵麻はデスクに頰杖をついた。

「私は彼女の夫ですから。当然のことです」

「夫とはいっても指一本触れたことのない、書類上の夫婦じゃない」

「それでも夫であることには違いないし、私は彼女を愛しています」

「向こうはあなたを愛していない」

ぴくりと畑中の頰が痙攣する。

「彼女がどう考えているかは、関係ありません」

「前にも話したでしょう。放火と、刃物による襲撃という重要な役割を、彼女は赤の他人に任せている。足繁く面会に通うあなたには内緒で、あなた以外の誰かにやらせたの。酷いじゃない」

「ええ。酷いと思います。しかしそれが彼女の魅力なのです。人を人と思わずに利用する。利用価値がなくなったら、容赦なく捨てる。普通の人間にはそんな真似できない。その冷たさに、私は惹かれるんです」

「だけど自分に利用価値がなくなって見切られるのは怖いんじゃない？」

「もちろんです」即答だった。「いつかその日は来ると覚悟しています」

「それでも愛を貫くの」

「はい」

「歪んでる」

「歪んでいない愛情って、存在するんですか」

絵麻はふうと息を吐いた。

「さすがかたちだけとはいえ、楠木の夫ね。発言がいちいち面倒くさい」

「ありがとうございます」

気味の悪いことに、本気で喜んでいるらしい。

「まあいいわ。私が知りたいのは、あの女――広瀬真沙代がいまどこにいるのか……ってこと」

「私に訊いても無駄です。知らないので」

嘘ではない。

それでもいまのところ、広瀬の情報を握っているのはこの男しかいない。

「広瀬はいったい何者なの」

「何者かは、私にはわかりません。私が知っているのは、彼女が名を変えながら各地を転々としている、ということだけです」

「広瀬の戸籍上の年齢は、六十歳を超えていたけれど」

「元の戸籍の持ち主がそうだからです。本物の広瀬真沙代は訪問介護士としてつましく生きる女でした。そのときの同僚だったのが、いまの広瀬真沙代です。当時は浅野シヅエと名乗っていました」

「戸籍を乗っ取ったの」

「そうでしょうね。本物の広瀬を殺したのか、それとも天涯孤独で親類縁者もなく、交友関係も狭い同僚がたまたま亡くなったのかまでは、私にはわかりかねますが」

浅野シヅエが本物の広瀬を殺し、戸籍を乗っ取った。そう考えているのが、畑中の口調から伝わってきた。

「浅野シヅエというのも、本当の名前ではなさそうね」

「その前は清水珠美という名前で、九州のスナックで働いていました。それ以前の経歴を遡ることはできていませんが、清水珠美というのも、出生時の名前ではないでしょう」

「いま、あの女が住んでいる家の表札は、勅使河原になっている」

「もとの住人の苗字です。八十歳を超える老人でしたが、三か月前に亡くなりました。彼女は勅使河原氏と養子縁組をしていたので、あの家を遺産として相続したんです」

「取材した情報をずいぶんペラペラしゃべるのね」

「しゃべらないほうがいいですか。捜査の過程でいずれ明らかになることです」

「だったら広瀬の立ち回り先を教えてくれない？」

筒井の救急搬送後、絵麻たちはあらためて勅使河原邸を訪ねた。やはりインターフォンの呼び出しに反応はなく、人の出入りもない。筒井の勅使河原邸への張り込みは職務外の行動のため、いまだ家宅捜索令状を請求することもできていないが、おそらく留守だろう。筒井の襲撃事件と前後して、広瀬は勅使河原邸から姿を消した。

「残念ながらわかりません」

なだめ行動なし。

畑中が顔を左右にかたむける。

「私は広瀬真沙代さん……いまは勅使河原真沙代さんを取材していただけで、彼女の行動を細かく把握しているわけではないし、制御できるわけでもありません」

「つまり、彼女を操っていたわけではない」

「何度もそういっているでしょう」

「彼女に情報提供していただけ」

畑中が硬直した。

危機に瀕した動物が踏む行動の第一段階——フリーズ。

絵麻は不敵に唇の端をつり上げる。

「なるほど。そういうことか」

デスクに両肘をつき、重ねた手に顎を乗せた。

「彼女のような獣を意のままに操るのは難しい。でも警察にたいして恨みを抱き、復讐したいという大きな目的は同じなのだから、必要な情報だけを与えて後は好きにさせればいい。そんなところかしら」

図星のようだ。畑中の上体が遠ざかる。絵麻から外れた視線が、出入り口の扉のほうに向けられる。

第二段階——フライト。

「なにをおっしゃっているのやら」

懸命に虚勢を張っているが、大脳辺縁系の反射は抑えられない。声が震え、頬が痙攣し、顔が白くなる。

「あの女にどんな情報を提供したの」

絵麻は視線を鋭くし、畑中を見つめた。

3

筒井和恵はベッドに横たわる夫の顔を見つめ、ため息をついた。

娘に続いて夫まで。

いったいなんの罰だろう。

夫は娘の聡美を襲った犯人を突き止めるために上司の命令を無視して単独で捜査を行い、何者かに襲撃された。同僚から事件の経緯を説明されたとき、夫らしいという思いとともに、自責の念がこみ上げたのだった。

聡美が救急搬送されたとき、病院に駆けつけた夫にたいし、和恵は責めるような言葉を投げつけた。夫に責任がないのはわかっていた。やり場のない怒りを吐き出したいだけだった。だがその言葉が夫を追い詰め、いまのこの状況に結びついたのではないか。

——そんなことはありません。筒井さんは自分の信じる道を突き進んだだけです。ご自身を責めないでください。

夫の同僚の綿貫は、そういって慰めてくれた。筒井さんをこんな目に遭わせた犯人を、必ず捕まえてみせますと宣言してくれた。筒井さんが目を覚ましてくれたら、事件解決へのいちばんの近道なんですけどねと笑った。娘のときと違い、犯人に抵抗し、格闘した痕跡があるので、夫はおそらく犯人の顔も見ているという。実は離婚に向けて別居していましたと告げると、綿貫は驚いたようだったが、まあ、いろいろありますよねと苦笑した。

病室の引き戸が開き、看護師が入室してくる。水色の制服を身につけた、三十代ぐらいの女性看護師だ。

和恵は会釈で応じた。

「筒井さん、お加減はいかがですか」

看護師がベッドを回り込みながら、和恵の夫に語りかける。返事はない。白い掛布団の胸もとが静かに上下していた。

「奥さまも少しお休みになったらいかがですか。だいぶお疲れのご様子ですが」

「私は平気です。それより、その注射は？」

看護師は金属のトレイを持っており、その上に注射器が載せてあった。

「ビタミン剤です。点滴にプラスすることで傷の回復を手助けしてくれます」

「ビタミン剤？」

和恵は思わず眉をひそめた。「お医者さんの話では、そんな治療をすると説明されていませんが」

「そうですか」

適当に話を受け流すような、看護師の反応だった。ご家族のためにも、早く元気になってくださいねーと、患者に語りかけている。

「なにかの間違いじゃないですか」

「ビタミン剤を筒井さんに注射するようにと、たしかに指示を受けています。きちんと説明されていなかったのかもしれませんね」

看護師が注射器を手にする。その手つきの怪しさに、不穏な直感が走った。

「待って」

和恵は立ち上がった。

注射器を手に、看護師が不思議そうに首をかしげる。

「もう一度、長尾先生に確認してもらえませんか。うちの人にビタミン剤の注射を指示したかどうか」

看護師が困惑を露わにする。

「そういわれましても……ついさっき、長尾先生本人から指示を受けたので」

「あなた、誰ですか」

「は？」

「長尾というのは、いま私が適当に思いついた名前です。筒井の主治医は神田先生です」

「そうでしたか」

看護師が笑いながら点滴の輸液バッグに針を刺そうとする。

「やめて！」

和恵は看護師に駆け寄った。注射器を取り上げようと、背後から看護師の両腕をつかむ。看護師が抵抗して左右に身体を揺らした。和恵はそれを懸命に押さえながら、助けを呼んだ。

「誰か！　誰か来て！」

その瞬間、ガツンと衝撃が走り、視界が揺れる。看護師の肘が顎に命中したのだった。和恵は膝からくずおれる。

「どうしました」

病室の外に控えていた警備員が駆け込んできた。

「奥さまが急に暴れ出して……」

看護師が和恵を指さしていった。

違う。そうじゃない。助けを求めたのは私のほうだ。その女が、夫を殺そうとした。

意識が朦朧（もうろう）として、言葉が声にならない。

「大丈夫ですか」

「私は平気です。それより奥さまを……」

看護師が和恵を指さし、警備員が歩み寄ってくる。

その背中越しに、病室を出ていく看護師の姿が見えた。女は口もとに笑みを湛えていた。

4

綿貫が病室に飛び込むと、筒井の妻の和恵が、警備員に肩を抱かれて立ち上がるところだった。

綿貫を見て、すがるような顔になる。

「看護師の服装をした女が、うちの人の点滴パックに注射しようと……ビタミン剤っていってたけど、たぶん違う」

一足遅かったか。綿貫は臍（ほぞ）をかんだ。

綿貫が病院に急いだのは、西野から連絡を受けたからだった。琴莉のアパートへの放火にも、聡美への襲撃にも、畑中は関与していない。しかし楯岡からそれらが楠木の差し金だと聞かされたことで、実行犯のサポート役に回る決意をしたらしかった。捜査の攪乱（かくらん）や証拠の隠滅などを行い、実行犯が捕まらないようにするのだ。

畑中にとってもっとも大きな懸念は、筒井の存在だった。筒井を襲撃した実行犯は予想以上の抵抗に遭った。おそらく顔も見られている。筒井が意識を取り戻せば、犯人逮捕に大きく前進するのは明らかだ。

そこで畑中は、筒井の入院先を広瀬に伝えた。なにをしろと命令したわけでも、依頼したわけでもない。警察を恨み、一矢報いたいと願う広瀬がどう動くか、どういう手段を講じるかは、与り知らないところだった。

「筒井さんは、大丈夫ですか」

和恵は小刻みに頷いた。

「止めた」

和恵の足もとには、金属製のトレイと注射器が落ちている。

よかった。全身に血流が戻る感覚があった。

「女はどっちに？」

「部屋を出て左のほうに歩いていった」

廊下を指さす和恵に頷き、病室を出る。

病院なので女性看護師だらけだ。記憶にうっすら残る広瀬真沙代の面影と、廊下を歩く女性看護師の顔を重ねながら進む。筒井だって畑中と密会する女を見てすぐに広瀬だとわかったのだから、自分にだってわかるはずだ。

すると、前方の廊下にそれらしき人影を見つけた。階段をおりようとするときに一瞬だけ見えた横顔が、広瀬によく似ていたのだ。

綿貫は歩速を上げ、女を追った。

階段を下る。

折り返し階段の手すりから下を見ると、ちょうどこちらを見上げた女と視線がぶつかった。その瞬間、全身が粟（あわ）立つ。

「待て！　広瀬！」

思わず声を上げていた。

広瀬が走り出し、綿貫も走り出した。

階段を下りきって廊下に出る。広瀬の後ろ姿は十メートルほど先にあった。その姿が、角を曲がって見えなくなる。

綿貫は前方からやってくる職員をひらりとかわし、「廊下を走らないで」という注意を背中に浴びながら広瀬を追った。

角を曲がってロビーに出る。

広い空間に規則的に長椅子が並べられており、多くの職員や患者が行き交っている。

どこだ。どこにいる……。

誰かに訊ねてみようかと思ったが、時間の無駄だと思い直す。なにをどう訊ねればいい。広瀬は看護師の服装をして、この環境に紛れている。

ふと、玄関から出ていこうとする看護服の女の後ろ姿に気づいた。綿貫は患者を避けながら女を追う。

女が短いアプローチの階段をおりたところで追いついた。

綿貫が腕をつかむと、女の驚いた顔が振り向く。

広瀬ではなかった。

女は加熱式タバコを手にしていた。喫煙所に向かうところだったようだ。

「なんですか」

「すみません。人違いでした」

女が不審そうに綿貫を振り返りながら、歩き去る。

「くそっ」

綿貫は思い切り地面を蹴った。

5

「広瀬真沙代さん」

塚本拓海が声をかけると、前を歩いていた女が振り返った。病院を脱出する際にトイレかどこかで着替えてきたのか、いまの彼女はTシャツにデニムというカジュアルな服装だった。

西野からの連絡を受けて病院に急行する途中で、綿貫が広瀬を取り逃がしたという報せを受けた。広瀬は逃走ルートを追われないよう、防犯カメラ網を避けながら逃げるに違いない。そう考えた塚本は、チームの部下に命じて広瀬が選択するであろう逃走ルートを割り出した。完全に防犯カメラを避けられるであろうルートは、三つあった。選択が正解したのは、長年の勘だ。

塚本は広瀬らしき人影を認めて後をつけ、通行人の気配が消えたタイミングで声をかけたのだった。

「いまは勅使河原真沙代さんとお呼びしたほうがいいのかな」

なんのことですか、という感じに、女が首をかしげる。

「あなたは？」

「警察の者です。塚本といいます」

塚本は警察手帳を提示し、すぐに閉じようとした。

が――。

「塚本拓海。警視庁公安部所属。いまの肩書きは、警察庁所管のプロファイリングチームC-Masのリーダーという表現のほうが適切かしら。それとも、楯岡絵麻の元交際相手」

「ほう」塚本は警察手帳を懐にしまう。

「詐欺師はやはり勉強家だな。よく調べている」

「私が調べたんじゃない」

「畑中尚芳か。まったく、彼の歪んだ熱意には頭が下がる。指一本触れられない死刑囚に、どうしてそこまで執着できるのか」

「あなたも同じじゃない」

塚本は目をすがめた。

「どういう意味かな」

「いくら頑張って尽くしたところで、楯岡絵麻は二度とあなたを愛してくれない」

塚本は微苦笑する。

「たしかにその通りだ。人のことをとやかくいえる立場ではないな。畑中とおれは、同じ穴のむじなだ。その点、あなたは欲望に忠実だな。欲しいものを手に入れる。邪魔者は排除する。本能むき出しの野生動物のようだ」

「そうよ。私はやりたいことだけをやる」

「美しい生き方だと思うよ」

「そう思うなら、見逃してくれない？」

「それは無理だ。あなたを自由にすれば、絵麻が危険に晒され続ける」

「あなたには関係ないじゃない」

「関係ないが、昔のよしみというものがあるのでね」

「そんなの気にしないでしょう。あなたからは私と同じ匂いを感じる」

「サイコパスにはサイコパスがわかる……か」

塚本は肩を揺らした。

「そうよ。私たちは同じ」

「そうだな。おれたちは同じだ。だからこそわかる」

塚本は広瀬に歩み寄り、その手首をつかんだ。

「あなたを自由にするのは危険だ」

広瀬が大きく目を見開く。

だがおかしい。

広瀬の視線は塚本を素通りして、その背後に向けられている。

そのことに気づいた瞬間、後頭部に硬い感触があたった。

「これがなにか、わかるな」

ドスの利いた男の声だった。

「なにかな」

「おれの気分一つであんたの頭を吹っ飛ばして、せっかくのイケメンをビーフシチューみたいにぐちゃぐちゃにできる道具だ」

「上手くたとえたつもりかな。たいして気が利いていないぞ」

「おれが引き金を引けば、二度とその減らず口を開く必要もなくなる。女から手を離せ」

銃口で後頭部を軽く小突かれた。

「一八二センチといったところか」

「あ?」

「きみの身長だ。銃口がおれの後頭部にたいしてほぼ垂直にあたっている。見上げても見下ろしてもいない。おれの身長が一八二センチだから、たぶん同じぐらいだ」

「それがどうした」

「喫煙者だな。いまどき珍しい紙煙草の愛好者。あいにくおれは非喫煙者なので臭いから銘柄までは特定できないが、メンソールが入っている。どうして電子煙草に切り替えない? 紙煙草は値上がりするいっぽうだし、反比例的に吸える場所はどんどん減っている。肩身が狭いだろう」

「おめえには関係ねえ」

「発声に独特の癖がある。東北の出かな。年齢は四十代以上。ネットが発達した現代において、地方の若者でも言葉に強烈な訛りがある者は減ってきている。少年時代を地方で過ごし、上京してから標準語に矯正したものの、発音の癖が残ってしまった。いまどきの若者ならこうはならない」

「死にたいみたいだな」

「銃器の扱いに慣れている。他人の生命を奪う凶器を手にしているのに、いっさい緊張が伝わってこない。人を撃ったことがあるな。それも一度や二度ではない。堅気にそんな人間はいないから、暴力団員か半グレ……だが現役ではない。現役が楠木の手先になるはずがない」

沈黙の気配で察した。

「楠木を知らないのか」

「黙ってろ。撃つぞ。いいからその女を放せ」

「前科者か」

「あ?」

「反社会的組織の一員だったが、なんらかの犯行が発覚して逮捕され、短くない期間、服役していた。だから世間の移り変わりについていけず、いまだに紙煙草を愛飲している。ってことは出てきてそれほど経っていない。まだ娑婆の空気に馴染めていないんだ」

「撃つぞ」

「真人間ばかりのこっちは居心地悪いだろう。あっちは犯罪者ばかりだから、きみが犯罪者という理由で浮き上がることもない」

「おれが撃てないと思ってるのか」

怒鳴り声とともに、引き金を引く気配があった。

塚本は素早く身を翻し、拳銃を持つ男の両手首をつかんで銃口を逸らす。

その瞬間、破裂音が響いた。

おっ、と塚本は思う。

相手は想像していたより筋肉質だ。僧帽筋が隆々とした逆三角形。なにかの格闘技経験者か。塚本も腕力にはそれなりに自信があったが、これはまずいかもしれない。

ふいに腹に衝撃を感じた。

相手の膝蹴りが命中していたらしい。まったく見えなかった。

立っていられなくなり、地面に膝をつく。呼吸ができずにうずくまって咳き込む。

後頭部に銃口の気配がする。

視線を上げると、男の二本の脚が見えた。

塚本は地面を蹴り、男の脚に飛びついた。バランスを崩した男が前のめりに転倒する。

乾いた金属音が響く。男が拳銃を落としたようだ。

素早く顔を振り、拳銃を探した。

あった。

三メートルほど先の路上に落ちている。ロシア製マカロフ。暴力団員への流通量が多い拳銃だ。やはりこいつは元暴力団員か。

四つん這いで拳銃に向かったものの、あと少しというところで男に追いつかれた。うつ伏せの塚本に折り重なるようにしながら、腕を塚本の首に回して絞め上げてくる。一瞬にして呼吸が詰まり、意識が遠のく感覚があった。

塚本はうっすら白む視界の中で、懸命に右手をのばした。

あと少し……あと少し。

中指が金属に触れた。

意識はいまにも途切れそうで、視界にかかる白い霧も、深くなっていく。

それでも塚本は全身の力を振り絞った。

右手がはっきりと金属をつかんだ。

しかし銃把ではない。銃身だ。トリガーガードに指を入れ、腕の中で拳銃を回転させる。

銃把を握った。

肘を折って自分の顔の横のあたりにマカロフをかまえると、絞めつけてくる腕の力が緩んだ。

地面を転がって仰向けになり、両手でマカロフをかまえなおしたときには、男はすでに走り去っていた。

6

インターフォンの呼び出しボタンを押すと、扉越しにチャイムがかすかに聞こえた。

綿貫は眼鏡を直して背筋をのばし、ドアスコープを真っ直ぐ見つめる。

扉は開かない。

「留守でしょうか」

そういって首をひねるのは、高円寺署刑事課の松田(まつだ)という男だった。四角い顔に広い肩幅、威圧感のある風貌が筒井とよく似ているが、年齢は綿貫と同じくらいだ。

「そんなはずはないと思うのですが」

綿貫はドア上に設置された電気メーターを見た。勢いよく回転しているので、エアコンのような電力消費量の高い家電を使用しているのだろう。

もう一度、ボタンを押してみたが、結果は同じだった。

「おかしいですね」

松田が外廊下の手すりから身を乗り出すようにして周囲の様子をうかがった。雑居ビルやマンションが建ち並ぶ隙間から、首都高の高架が見える。幹線道路から一本入ったところなので、建物の前の道は人通りが少ない。仕事を終えたらしいスーツの女が歩いている。

綿貫は扉に耳をあてた。

「かすかに音が聞こえます」

「どんな音ですか」

「たぶんテレビの音声です」

バラエティ番組だろう、誰かの声に反応して観客の笑い声が聞こえた。

「それなら近くのコンビニにでも出かけたのでしょう。すぐに帰ってきますよね」

素直に賛同できない。曖昧に首をひねった。

「我々の動きを察知して逃亡した可能性は……」

綿貫がいるのは、畑中の自宅マンション前だった。水道橋駅からほど近い場所にある古びた建物は、雑居ビルに囲まれていた。

広瀬真沙代らしき女が看護師に化けて病院に侵入し、筒井の命を狙った事件こそ伏せられているが、広瀬を逃がそうとした謎の男の発砲事件については大々的に報じられている。そうでなくても畑中は刑事たちのプライベートを調べ上げ、広瀬に情報提供していた帳本人なのだ。筒井への殺人未遂の重要参考人として警察が任意同行しようとする動きに勘づいたのではないか。

「そうでしょうか」

松田の顔には、いくらなんでも考えすぎではないかと書いてあった。連中の恐ろしさを知らなければ、そういう反応になるのも無理はない。

綿貫は扉をノックした。

「畑中さん。いらっしゃいませんか」

インターフォンのボタンを押しては、何度かノックしながら声かけを続ける。

すると隣の部屋の扉が開き、水商売ふうの女が顔を出した。

「なに？　マジでうるさい。こっちは寝てるんだけど」

女は眉の薄い目もとを、手の甲でゴシゴシと擦る。

「失礼しました」

「勘弁してよね」

扉を閉めようとする女を「あの」と呼び止めた。

「なに。まだなにかあるの」

「こちらにお住まいの畑中さんをご存じですか」

「知らないわよ。畑中っていう名前もいま初めて知ったし……」

隣人にたいして日ごろから不満を溜め込んでいるのか、ブツブツと文句をいっている。

「すみませんでした」

「うるさくするなってちゃんといっといて。さっきもバタバタ暴れてて、めっちゃうるさかったんだけど」

綿貫は松田と互いの顔を見合わせる。

「さっきって、どれぐらい前ですか」

松田が訊いた。

「知らないし。時間計ってるわけじゃないんだから。二、三時間前じゃない」

「暴れていたんですか」

この質問をしたのは綿貫だ。

「なにしてたのか知らないけど、バタバタ音がしてた」

女は鬱陶(うっとう)しそうに髪をかく。

「いつもそうなんですか」

綿貫が一歩近寄ると、女は牽制するように眉をひそめる。

「いつもって？」

「いつも暴れているんですか」

「いつもかどうかは知らないよ。今日は仕事がたまたま休みだったんだから」

乱暴に扉が閉まった。

「綿貫さん……」

松田もさすがにまずいと感じ始めたようだ。

「なにかあったのかもしれませんね」

綿貫がふたたびインターフォンのボタンを押そうとしたそのとき、扉がひとりでに開いた。

いや、違う。

松田がノブを握っていた。

「鍵が開いていたんです」

弁解する口調だが、そんなことはどうでもいい。

綿貫は松田に代わってノブを握り、扉を引いた。

部屋は雑然とした印象だった。ただ、誰かに荒らされたというより、普段から自堕落な生活を送っているだけのようだ。

玄関を入ってすぐのキッチンには口を縛ったコンビニ袋が積み重なって山になっており、流しにはカップ麺の空き容器が放置されている。

キッチンには灯りが点いておらず、奥のリビングの光が、キッチンに届いている。リビングの障子戸は半分ほど開いていた。隙間から覗くリビングには、床に積まれた本が林立し、摩天楼を形成している。

「畑中さん。いらっしゃいますか。警察です」

呼びかけてみるが返事はない。

「入ってみましょう」

松田は意を決したようにいい、靴を脱いで部屋に上がった。綿貫も続く。

松田がコンビニ袋の山を乗り越え、障子戸を開けてリビングに足を踏み入れる。

綿貫も続こうとしたが、松田の背中が戻ってきて転倒しそうになった。

「どうしたんですか」

松田の肩越しにリビングを覗き込んだ綿貫は、言葉を失った。

リビングの床の上で、血まみれの畑中が本に埋もれるようにして横たわっていた。

7

「また来てくれたんだ」

楠木は弾けるような笑顔で、絵麻の対面に腰を下ろした。

「夫が殺されたとは思えない明るさね」

皮肉を投げつけても、楠木は笑顔を崩さない。

「だって愛情はないから」

楠木はあっけらかんといってのけた。

「人の命が重いっていうけど、それって綺麗ごとで、人によると思うの。だって毎日、世界中でたくさんの人が死んでいる。会ったこともない、名前も知らない誰かが死んだからって、いちいち悲しんだり涙を流したりする人はいない。結局のところ、すべての人の命が重いのではなく、自分や、自分に近い人の命が重いだけ。そうは思わない？」

「思わない」

「あまのじゃくね。じゃあ絵麻は、遠い国の戦争で名前も顔も知らない言葉も通じない誰かが銃で撃たれて死んだら、悲しいの」

「そういう話を聞いたら悲しくなる」

「涙を流す？　あなたの大事な裕子先生が酷い殺され方をしたときみたいに」

その名前を持ち出されると、さすがに感情を抑えきれない。ぴくりと頬が痙攣した。

「涙は流さない」

「ほら。やっぱり命の重さは違うじゃない」

「想像力の問題だと思う。自分にはそうでなくても、ほかの誰かにとって大切な存在で、その人がいなくなったら悲しむ人がいる。だから誰の命も重い」

「詭弁ね」と、楠木は薄く笑った。

「私にとって畑中は外界の情報を運んでくれる便利な道具に過ぎない。道具が壊れたら残念ではあるけど、嘆き悲しんだりはしない」

「別の道具を手に入れるだけ？」

「どうかしら」

頷きのマイクロジェスチャーがあった。

「すでに代わりの道具を手に入れた後だから、畑中がいなくなったところで痛くもかゆくもない」

ふたたび一瞬の頷き。

絵麻は続ける。

「畑中は素性もはっきりしていて、警察に面も割れている。あなたを喜ばせようと、広瀬真沙代に接触するなどして独自に動いてはいたものの、下手な動きをすればすぐに疑われる立場にある。むしろ動けば動くほどあなたへの注目が集まり、面倒な事態に発展する可能性が高い。だから存在自体が邪魔になっていた」

当たりだ。

「畑中を消すよう指示を出したのは、あなたね」

「私が？　実の夫を殺せと？」

楠木が自分を指さし、目を見開く。見え透いた芝居だった。マイクロジェスチャーは楠木による指示を明確に示している。

「愛情はなかったと、さっきいっていたじゃない」

「そうだったわね」

目の前の女の顔から表情が消える。

「かりに、私が畑中を利用して悪事を働こうと考えていたら、たしかに面倒になる。あの男は警察にマークされている。というか、自らマークされようとしていた。私に心酔しているというより、私の夫という立場を利用して自分に注目を集めようとしているようだった。なにかが起これば真っ先に疑われる。そして警察から疑いの目を向けられるのを、心のどこかで喜んでもいる。自分が希代の悪党にでもなったつもりなのかしら」

「畑中を殺せと指示を出したのを、認めるのね」

「いいえ。あくまでたとえ話よ。かりに、と前置きしたはずだけど」

「畑中は自分に利用価値がなくなれば、いつかあなたに切り捨てられるのを覚悟していると話していた」

「それなら殺されても本望じゃないかしら」

「殺したのね」

「だからいってるじゃない。あくまで仮定の話」

違うと、楠木のしぐさが示している。

「それならこちらも仮定の話をさせてもらう」

「いいわよ」

楠木が両肘をつき、重ねた手の上に顎を乗せる。

「かりに、あなたが誰かに畑中の排除を命じたとして、なんの得があるの。たんに玩具に飽きたから処分した、というわけじゃないわよね。畑中を必要としなくなったとしても、面会を拒めばいいだけの話だもの」

「どうかしら」と口では答えているが、マイクロジェスチャーから、畑中の排除に明確な目的があったとわかる。

「警察として畑中に死なれて困っているのは、広瀬真沙代への足取りが途絶えてしまったこと。畑中は広瀬に警察の内部情報を提供し、その結果、広瀬は看護師に化けて病院に潜り込み、私の同僚の命を奪おうとした」

絵麻の話の途中で、楠木の瞳孔が開いた瞬間があった。

「広瀬真沙代……?」

その名前に反応したのだ。

「広瀬真沙代。たしかに彼女はおもしろいわね。欲深くて、求めるものを真っ直ぐに手に入れようとする。邪魔する者は許さない。自分がなにを欲しているのかはっきり理解できている人間って、実はとても貴重よね」

「広瀬を逃がそうとした？」

返事はない。だがしぐさを見ればわかる。

「広瀬を逃がすために、畑中を消した？」

当たりだ。

「どうしてそんなことを？」

つまり塚本に発砲したのも、楠木の息のかかった者だったということか。

楠木がにやりと笑う。

「だって、私と同類なんでしょう」

「後を継がせようとでも？」

「彼女には、私のぶんまで自由を謳歌（おうか）してほしい」

「いまさらながらだけど、狂ってるわね」

「これは絵麻への愛情表現でもあるの。あの女が暴れ回っているうちは、絵麻は私に会いに来ざるをえない」

あと、と、楠木は続けた。

「畑中が死んだのは私のせいじゃない。絵麻のせいよ」

「なにいってるの」

「だってそうじゃない。絵麻との面会がきっかけで私は広瀬真沙代の存在を知り、彼女に興味を抱いた。そして畑中が邪魔になった。であれば、畑中の死の責任は、絵麻にある」

答えるまでに数秒を要した。

「ならない」

「そうは思っていないようね。応答潜時が長かった」

楠木は勝ち誇ったような口調だ。アクリル板に顔を寄せてくる。

「絵麻が私に広瀬の存在を知らせなければ、畑中を死なせる必要はなかった。広瀬という魅力的な玩具の存在を教えてくれたから、畑中が邪魔になった。警察が広瀬を追えないよう、畑中を消した」

「あなたが指示を出したの？　認めるのね」

「違う。さっきからしているのは仮定の話。あなただってそうでしょう」

絵麻は立ち上がり、楠木を見下ろした。

「誰にやらせたの？　畑中以外に、どうやって外の世界に指示を出してるの？」

「現実とファンタジーを混同しないで」

「嘘おっしゃい！　なだめ行動もマイクロジェスチャーも出ている！」

「だったらなに？　なだめ行動を根拠に、私を取り調べる？　別にかまわないけど、時間だけはいくらでもあるから……あ、もしかしたらないかもしれないけど。明日刑が執行されることだってありえるし。そうなったら、広瀬は永遠に捕まらないわね」

楠木は挑発するように唇の片端を持ち上げた。

8

扉を開いた瞬間、西野は長い息をついた。

四畳半一間といういまどき珍しいアパートだというのに、実際以上に広く感じる。物が少ないからだ。

家電といえるのは冷蔵庫ぐらいだろうか。和室の畳の真ん中あたりに、水着の女性が表紙を飾る週刊誌が放置されている。

「お邪魔します」

西野は靴を脱いで部屋に上がった。

料理はしないようだ。部屋の隅にある流し台に使用した形跡はなく、食器類も見当たらない。冷蔵庫の扉を開けてみると、発泡酒の缶が二本入っていた。

「今度こそまっとうな人間になれるように頑張るって、酒呑みながら話してたんだけどな」

玄関に立つ、青い作業着姿の壮年男性が寂しそうに肩を落とした。

足立区舎人（とねり）の古い住宅が建ち並ぶ一角に、その木造アパートはあった。

「勤務態度はどうでしたか」

綿貫が懐から手帳を取り出し、ペンをかまえる。

「真面目にやってたと思います。あの年で新入社員だと、どうしても先輩は年下ばかりになってしまうから、年下に叱られたり、ときにはきつい言葉を投げかけられたりして腹も立ったと思うけど、文句一ついわずハイハイって従ってたし」

ただまあ、と男は続けた。

「うちに入ってまだ二か月だからなあ。猫かぶってただけかもしれない」

人の本性ってのはわからないものですよと、吐息まじりに言葉をこぼす。

「姫野（ひめの）の面接は、早川（はやかわ）さんがご自身で？」

早川というのが、作業着の男の名前だ。

「ええ」

「姫野の経歴については、ご存じでしたか」

「もちろん。石森さんから聞かされていましたし」

「石森さんというのは？」

「姫野の保護司の方です」

「なるほど」

綿貫が手帳にペンを走らせる。

西野は部屋を検分しながら、背中で話を聞いていた。

「元ヤクザで人殺しの前科があって、十年以上も服役していたから、なかなか働き口が見つからない。早川さん、なんとかならないかなって……人殺しだなんて私も怖いし、抵抗はあったけど、人手不足には違いありませんからね。実際に会ってみたらそんなに悪いやつじゃなさそうだったし、なにより石森さんの頼みじゃ断れません」

開いていた押し入れの戸を閉め、西野は玄関のほうを振り返る。

「姫野の保護司の方とは、どういったご関係で？」

「関係というか、石森さんはこのあたりの大地主ですから。うちの工場もこの寮の建物も、石森さんの土地を使わせてもらっているんです」

あ、と思いついたように早川がいう。

「姫野の話なら、石森さんに訊いたほうがよくわかるんじゃないですか。たしか姫野のやつ、週に一度は石森さんのとこに顔出さないといけない決まりになっているっていってたし」

だから一刻も早く出ていってほしいという気持ちが、透けて見えるような口ぶりだった。

西野と綿貫は礼をいい、アパートを辞去した。

「手がかりになりそうなものは、なにもありませんでしたね。わかったのは、姫野の女性の好みだけだ」

放置してあった週刊誌は、西野がたすき掛けしたショルダーバッグの中にある。どうせ捨てるだけだから持っていってかまわないといわれたので、証拠として押収することにした。

「仮出所からまだ二か月ちょっとだからな。十六年という服役期間を考えると、新しい環境に馴染めていなかっただろう」

綿貫はスマートフォンの地図で、石森家への道のりを確認している。

「せっかく娑婆に出てきたっていうのにあんな事件を起こすなんて、いったいなにを考えてるんですかね。刑務所に戻りたいのかな」

「案外そうかもしれない」

てっきり綿貫だとばかり思って、会話を続けていた。

「どうしてそう思うんですか」

「なんの資格も才能もない腕っ節だけが自慢の元暴力団員が、前科がついた状態で十六年ぶりに娑婆に送り出されるなんて、どう考えても無理ゲーだろう。十六年前なんて、まだガラケーの時代じゃないか」

話の途中で、発言主が塚本だと気づいた。綿貫の隣に並んで歩いている。

「おまえ、いつの間に！」

敵対心剝き出しの西野とは対照的に、綿貫は友好的だ。

「塚本さん、お疲れさまです」

「お疲れ、綿貫」

塚本は綿貫越しに西野のほうを見た。「西野もお疲れ」

ふんと鼻を鳴らすと、綿貫に叱られた。

「なんだおまえ、その態度は」

「別に」

「おまえな――」

「気にしないでくれ。虫の居所が悪い日は、誰にだってある」

塚本の言葉にカチンときた。

「虫の居所のせいじゃない。おれはあんたが嫌い。それだけだ」

「もう少し大人になれ。好き嫌いで仕事をするな」

また綿貫に叱られた。

もともと綿貫はそれほど塚本を敵視していなかったが、広瀬による筒井襲撃騒動以降、塚本に一目置くようになったようだ。

わかっている。暗中模索だった捜査に、塚本のおかげでひと筋の光が差した。謎の男に襲撃を受けた。そのせいで広瀬を取り逃がすことになったが、男が所持していた拳銃の奪取に成功した。

拳銃には指紋が残されており、前歴者のデータベースに照会したところ、一人の元受刑者の名前が浮かび上がったのだった。

姫野一哉、四十三歳。暴力団員だった十六年前、行きつけだったカラオケパブで居合わせた客に凄惨な暴行を加え、殺害した。自分の歌を笑われたという誤解に基づく犯行動機に同情の余地はなく、また反省の態度もなかったため、二十年の求刑にたいし懲役十八年の判決を受けている。

姫野の顔写真と自分を襲撃してきた男とは同一人物だったという塚本の証言もあり、姫野が緊急指名手配されることになった。いまでは全国の警察官が姫野の顔を頭に叩き込み、警戒にあたっている状況だ。

「たしかに十六年もムショ暮らししてたら、浦島太郎状態だろうな。やっと出られたという喜びもあるだろうが、一人だけ時代に取り残された疎外感も強いだろうし、前科者にたいする風当たりもきつい。最初は社会復帰に意欲を見せていても、厳しい現実を突きつけられ、自暴自棄になる者も少なくない」

綿貫はすっかり塚本を信頼しているようだ。筒井が元気なときには筒井にべったりだったし、太鼓持ち気質なのだろうか。

「じゃあ姫野は、刑務所に戻るために拳銃を手に入れ、こいつを襲ったっていうんですか」

西野は塚本を顎でしゃくった。

「こら、西野。先輩にたいしてこいつ、なんて呼ぶな」

「いいんだ」塚本は鷹揚に手を振った。

「あくまで可能性の話をしている。決めつけるつもりはない。真相を探り当てるのは、きみたちの仕事だからな」

「わかってる」

「職場での姫野の様子はどうだって？」

塚本が訊いた。

「勤務態度は悪くなかったみたいです。ただ真面目に仕事に取り組んではいたものの、職場に溶け込めていたかというと微妙だったようで、職場の飲み会にもあまり参加せず、同僚とのプライベートな交流は少なかったとか」

「悪い仲間との付き合いは？　同僚以外の人物が寮に出入りしていたとか」

仮出所二か月の姫野が自ら悪の道に飛び込むとも考えにくい。誰かから誘われたのではと考えるのは当然だった。

綿貫がかぶりを振る。

「アパートは会社で借り上げており、すべての部屋を寮として使用していたみたいですが、そういった話はありません。誰かを招き入れるというより、どこかに出かけることのほうが多かったらしく、隣室の同僚は姫野の部屋から物音が聞こえることはあまりなかったと話しています」

「そうか。次はどこに？」

「保護司の石森洋司という人物に話を聞きに行きます」

「なるほど。話を聞いた感じだと、職場の同僚より保護司のほうが姫野の人間関係について把握していそうだな」

「ええ」

塚本がこぶしを口にあてる。

「おれも同行しよう」

綿貫の「ぜひ」と西野の「なんで」が重なった。

「あんた、そんな暇なのか」

「暇だな。公安部では閑職に追いやられた身なんでね。理由を話す必要はないよな」

そういって塚本は片目を瞑った。

9

石森の家は、姫野の暮らしていたアパートから徒歩十五分ほどの場所にあった。コンクリートの塀に囲まれた敷地には芝生が敷かれ、門扉から母屋まで石畳のアプローチがのびている。早川の話を聞いた時点でなんとなく予想はしていたが、予想を遥か(はる)に上回る裕福な暮らしぶりのようだ。

三人の刑事は広いリビングに通された。ローテーブルにコーヒーを並べ終えた家政婦が、お辞儀をして部屋を出ていく。

「とんでもない豪邸ですね。庭でゴルフができそうだ」

西野はコーヒーカップを持ち上げながら、前方のガラス越しに広がる庭を見る。

「そのコーヒーカップ、西野の一か月ぶんの給料ぐらいするぞ。落として割らないよう、気をつけるんだな」

塚本に忠告され、カップを運ぶ手が止まった。

「嘘だ」

「なぜそう思う？　キネシクスを学んだか」

「そんなに高価なコーヒーカップは、この世に存在しない」

「人間というのは、自分の経験した範囲でしか想像力を広げられないものだな。おまえを見ているとつくづく思う」

塚本がスマートフォンを操作し、液晶画面を隣の綿貫に見せる。

「本当だ」と、綿貫が目を丸くした。コーヒーカップのブランドを調べた検索結果だろうか。

「嘘だね。信じない」

「勝手にすればいい」

西野は手の震えを懸命に抑えながらカップに口をつけた。

廊下を歩く足音が近づいてきた。

部屋に入ってきた男の姿に、西野は意表を突かれた思いだった。

近隣に多くの不動産を所有する資産家で、保護司として犯罪者の更生にも取り組んでいると聞いたとき、てっきり老齢に差しかかった人物を想像していた。

しかし柔らかな笑みを浮かべて刑事たちに近づいてきたのは、せいぜい三十歳ぐらいに見える青年だった。

驚いたのは西野だけではなさそうだ。

塚本がひゅうと音のしない口笛のような息を吐く。

「石森洋司さんですか」

綿貫の声にも驚きが滲んでいた。

「そうです。お待たせしてしまい、すみませんでした。どうぞおかけになってください」

三人はあらためてソファに腰をおろした。

石森はL字形に配置されたソファの、斜め向かいに陣取る。

「ずいぶんお若いんですね。驚きました」

塚本の言葉は偽らざる本音だろう。

「ええ。若輩者です」

石森は照れくさそうに後頭部に手をあてる。髪は綺麗な七三にセットされ、ワイシャツも第一ボタンまでしっかり閉めている。白黒映画時代のスターのようだ。

「てっきりもっと年配の方かと思い込んでいました。こんなにお若い方が、保護司の活動をなさるのは珍しいのでは」

綿貫はまだ驚きの残る声でいった。

「そうかもしれません。死んだ父が保護司の活動をしていたんです」

「そうだったんですか」と西野。

「ええ。父は社会福祉活動にとても熱心でした。たくさんの元受刑者から感謝される父のことを、幼いころから誇りに思っていたんです。ですから私も父のようになろうと、保護司の活動を始めました」

「素晴らしい志です」

綿貫は本気で感銘を受けたようだ。

石森は顔の前で手を振って謙遜する。

「そんなたいしたことではありません。父が八百屋だったら八百屋に憧れるし、警察官だったら警察官に憧れるでしょう？　それと同じことです。幼いころは保護司が父の本業だと思っていました」

「保護司が無報酬というのは、おかしな仕組みですね。元受刑者の社会復帰を支える大切な仕事だというのに」

塚本の指摘に、石森は大きく頷いた。

「ええ。時間的にも経済的にも余裕のある人間にしかできません。職務内容に応じて実費弁償金が支払われはしますが、とてもそれだけで食べていけないでしょう。幸いなことに、私には父から相続した資産があり、運用だけで人並みに暮らしていけますので」

「人並み、ですか」

西野は笑顔の頬が引きつるのを感じた。これで人並みなら、自分たちの暮らしはなんなのだろう。

家政婦が部屋に入ってきて、石森の前にコーヒーカップを置く。

「山本さん。こんなことまでしなくていいですよ。飲みたいときには自分で淹れますから」

「いいえ。そんなわけにはまいりません」

山本と呼ばれた家政婦が、にっこり笑いながら退室していった。

「父の代から働いてもらっている家政婦さんです。子どものころから私のことを知っているから、いまだに子ども扱いされます」

刑事三人が愛想笑いで応じる。

コーヒーをひと啜りし、石森が真剣な面持ちになった。

「姫野さんのことですよね」

「実はそうなんです。発砲事件のニュースはご覧になりましたか」

綿貫の質問に、石森が無念そうに顔を歪める。

「見ました。本当に姫野さんが犯人で間違いないんですか」

「間違いありません。拳銃に残された指紋と、前歴者データベースの指紋が一致しました。姫野のものです」

そう説明したのは、塚本だった。

「信じられないけど……というより、信じたくないのかな。まっとうな人間に生まれ変わりたいという、彼の言葉を嘘だと思いたくないだけなのかも」

石森が自嘲気味に笑う。

「姫野の仕事や住まいまで、世話してあげたんですよね」

西野はいった。そこまで面倒をみてあげたのに裏切られたら、さぞ落ち込むだろう。

「はい。元受刑者の社会復帰には、とても高いハードルが存在します。もちろん、彼ら自身の犯した罪が原因だから自業自得ともいえるのですが、だったら服役した期間はなんだったのか、ということになりませんか。罪を濯（そそ）ぐのがそんなに単純でないとわかっていますが、それでも定められた罰は受けていて、建前として贖罪（しょくざい）は済ませたことになっているんです。それなのにいざ社会に戻ろうとしても、さまざまな要因に阻まれてしまう。なにも犯罪者を甘やかせといっているのではないんです。社会復帰のハードルが高いせいで、自暴自棄に陥った元受刑者が再犯に及んでしまう。そういった社会構造が問題だと考えています」

そこまでいって、はっと我に返ったようだ。ぎこちない笑みを浮かべる。

「すみません。つい熱くなってしまいました」

「かまいません。石森さんの熱意が伝わってきました」

綿貫は微笑で応じた。

石森が自分で話を軌道修正する。

「姫野さんは罪状が重いし、元暴力団員ということで、更生への道のりが険しいものになるのはわかりきっています。最終的には自分の意思次第ですが、それでもできる限り希望を持って頑張ってほしい。そういう環境を整えてあげたいと考え、知り合いの早川さんに相談させていただきました。結果的に、早川さんにもご迷惑をかけることになってしまい、本当に申し訳ないです」

「早川さんの会社では、姫野は同僚との交流も少なかったようです。休みの日は外出していることが多かったとも聞きました。石森さんは、姫野のプライベートについて話を聞いたりなさいましたか」

西野の話を、石森は頷きながら聞いていた。

「ええ。私生活を充実させることで、刑務所に戻りたくないという思いも強まり、再犯の抑止になります。休みの日の過ごし方についても、いろいろ話をしました」

「姫野はどういったプライベートを過ごしていたのでしょう」

綿貫が手帳を取り出しながらいう。

「休日はもっぱらパチンコをしていると話していました。逮捕前に比べて、パチンコの機械もだいぶ変わったようですね。なかなか勝てないといっていました。私は、パチンコがいけないとはいいませんが、気分転換ぐらいに留めておいたほうがいいと助言しました。彼はわかったわかったと笑っていました。若造が余計なお世話だとでも思われていたかもしれません」

「親しくしている友人などはいたのでしょうか」

この質問は西野だ。

「どうでしょう。行きつけのパチンコ店の常連と顔なじみになって世間話をするようになったというのは聞いたことがあります。それが友人と呼べるほどの関係なのか、わかりません」

「たとえばパチンコ店で昔の悪い仲間と再会したとか？」

西野は綿貫を見た。

綿貫が軽く顎を引く。

「報道でご存じかと思いますが、姫野は拳銃を所持していました」

「ええ。驚きました」

石森が胸に手をあてる。

「暴力団員時代の仲間と再会したなどの話を聞いたことは？」

「いいえ。ありません。もしそんなことがあっても、私には話さないと思いますが」

それもそうか。

石森が刑事たちの顔を見る。

「私も、姫野さんに話していたんです。世間はあなたにやさしくない。社会復帰の道は険しい。悪い仲間と過ごしたり、下手をすれば刑務所に戻ったりしたほうが楽だと感じるかもしれない。けれど頑張らなくてはいけませんよと。一度罪を犯した人間に、完全な更生などないのです。更生しようと努力し続けることこそ、更生なんですよと……残念ながら、私の思いは姫野さんに伝わっていなかったようです」

石森によれば、姫野の立ち回り先としてパチンコ店以外に思い浮かばないらしい。それ以外には姫野の出身地である札幌ぐらいだが、両親はすでに亡くなり親戚との折り合いも悪く、二度と帰りたくないと本人が漏らしていたそうだ。

そろそろ辞去しようかというときに、塚本が口を開いた。

「保護観察対象者との面談は、どこで行うのですか」

「この部屋です……それがなにか？」

「いえ。もしも自分が出所したばかりの人間なら、こんな豪邸に呼びつけられたら社会の不平等を突きつけられるみたいで卑屈になってしまうかもしれないと思って」

「あんた、なにいってんだ」

西野の注意を無視して、塚本は続ける。

「手癖の悪いやつが来たら、インテリアの一つや二つ持ち去られたりすることもあるんじゃないかと、老婆心ながら」

「失礼にもほどがあるだろう」

「いや。おっしゃる通りだと思います。恵まれた生まれの私に生き方を説教されたところで、保護観察対象者には響かないかもしれません。この家を見て格差をつきつけられたと感じるのも無理はない。実際、たまにありますよ。ここにあったはずの置物がなくなっていると、山本さんから報告を受けることは」

「そういうときは、どうなさるんですか」

「本人に問いただします。そしてこの家から無断で持ち出したものを返してもらいます」

「盗みを認めない者も多いのでは？」

「これまでにしらを切り通した対象者はいません。きちんと向き合おうと努力すれば、熱意は伝わるものです」

石森はやわらかく微笑んだ。

「やっぱりこんなやつ、聞き込みに同行させちゃいけなかったんですよ。なんだ、あの態度」

石森邸の門扉をくぐって外に出るなり、西野は悪態をついた。

「あの態度というのは、具体的にどの態度のことをいっているのかな」

塚本が微笑を湛えているのが腹立たしい。

「最後のあれだよ。手癖の悪いやつがなにか持ち出すんじゃないかっていう」

「事実を述べただけだが。長い刑期を終えてこれから社会復帰しようという元受刑者が、あんな豪邸暮らしを見せつけられるんだ。しかも保護司は生まれついての勝ち組で、親から相続した資産を運用しているだけでろくな社会経験もない。あんな暮らしぶりを『人並み』なんて表現するようなやつが、元服役囚の気持ちに寄り添えると思うか」

その点については、西野も反論できない。

塚本は続ける。

「あんなやつからいろいろアドバイスされても、おれなら素直に受け入れられない。熱っぽく語られるほど、こいつに自分の境遇を理解できるはずがないと冷めてしまうだろう」

「でも実際問題、罪を犯した人間の支援には、ああいう人が向いていますよね。いろんな面で余裕があって、リソースを他人に割くことができます。普通の人はやろうと思っても、なかなかそんな余裕はありません。石森さんのような人なら保護観察対象者との面談の時間も作れるし、住まいや仕事の世話までできます」

「綿貫さんのいう通りだ。石森さんが裕福なのは事実だし、あんな恵まれた境遇で保護観察対象者の身になって考えるのは難しいだろうけど、自分が恵まれているぶん、社会に還元しようと努力している。あの人と同じくらい金持ちで、そんな活動をしているやつが、ほかにどれだけいるっていうんだ。みんな私腹を肥やすことしか考えていない。なんでもかんでも難癖つけるなよ」

反撃を塚本に笑い飛ばされ、西野はかっとなった。

「なにがおかしい」

「いや……素直だなと思ってな。まるで小学生みたいに、他人の自己演出を疑いなく受け入れている。素直さは一般的に美徳とされているが、よくもまあ、刑事としてやってこられたものだ」

「なんだと！」

「待て待て」

塚本の胸ぐらをつかもうとした右手が空をかく。よろけた西野は綿貫に抱き留められていた。

西野の背中を叩いてなだめながら、綿貫が塚本を振り返る。

「石森は印象通りの人物ではないと考えているんですか」

「印象通りの人物なんて、そもそも存在するのか。他人が受ける印象なんて、ほとんど自己演出の成果だろう。自己演出に長けた人間の印象は良くなり、そうでない者の印象は悪くなる」

塚本は肩を揺らした。

「じゃあ石森さんは、本当はどういう人間だっていうんだよ」

「知らない」

「は？」

「知るわけがない。隠しているんだから。ただ、石森が自身をこう見せたいと演出する印象通りの人物でないことはわかる」

「なにを根拠に？」

「山本の態度だ」

「山本って……あの家政婦ですか」

綿貫が西野の身体から手を離しながら訊いた。

「そうだ。あの女、石森にたいして明らかに怯えていた」

「そうですか」

綿貫が曖昧に首をひねる。

「どこが怯えてたんだ。ニコニコ笑ってたじゃないか」

「『恐怖』と『嫌悪』の微細表情を覗かせながら、な」

塚本の指摘に、西野は言葉を喉に詰まらせる。そういえばこの男も、キネシクスの覚えがあるんだった。

それでも西野は抵抗してみせる。

「親の代から働いてるっていってたぞ」

気心の知れた雰囲気だったたし、石森を子どものころから知っているともいっていた。

「石森さんは山本さんにたいし、今後コーヒーは自分で淹れるからこんなことまでしなくていいといっていました」

綿貫の言葉に、西野も大きく頷いた。石森と山本のあのやりとりから、石森の謙虚さと、山本の石森にたいする尊敬が伝わってきて好印象だった。

「なら訊くが、客が来たときにコーヒーを出すことすらしなくていいといわれたら、むしろ家政婦はなにをしているんだ」

「そりゃ……掃除とか洗濯とか、家事はほかにもあるだろ」

もう一つ、と、塚本が人さし指を立てる。

「保護司をしている石森には、来客も多い。なのになぜ、あらためてあんなやりとりをする必要がある」

「あ」と声を上げてしまった。

「塚本さんのいう通りだ。保護司をしている石森のもとには、保護観察対象者が毎日のように面談にやってくる。来客は一般の家庭よりも多いはず」

そう考えるとたしかに不自然に思えてくる。

「石森は謙虚な自分を演出するため、山本とあのやりとりをした……ってことか」

「気心知れた関係のように見せていたが、山本が石森と視線を合わせることはなかった。『恐怖』と『嫌悪』の入り混じった微細表情も頻出していた。あの男にはなにかある。こういうことなら、絵麻を連れてくるべきだった」

塚本が残念そうに後頭部をかく。

「石森に裏の顔があるとして、それはどういうものだと思われますか」

綿貫が塚本に意見を求めた。

「下衆の勘ぐりかもしれないが」と前置きしたものの、塚本の口調からは自信がみなぎっている。

「保護司のもとには多くの保護観察対象者が訪れる。その中には遵法意識が低く、社会復帰しようにも仕事探しすら難しい人間もいる。いざ仕事を見つけたところで、社会に馴染めずに犯罪行為に手を染めてしまう者も少なくない。社会復帰の高い壁を前に疎外感を覚えている人間なんて、金をつかませればたいていのことはやるだろう」

「姫野を動かしているのは、石森さんだといいたいのか」

西野は訊いた。

「あくまで根拠のない臆測だ」と塚本が念押しする。

「ただ考えてみてくれ。西野の婚約者宅への放火と、筒井さんの娘への襲撃は別人による犯行の可能性があると、おれはいったな」

それぞれの事件をプロファイリングすると、異なる犯人像が浮かび上がってくる。そういう主張だった。

あっ、と綿貫は声を漏らした。

塚本が頷く。

「石森の立場であれば、実行させたい犯罪に最適な人材を選定することができる。いわば犯罪者の派遣業者みたいなものだな」

「とてもそんなふうに見えなかった」

西野は、犯罪者の更生について熱く語る石森の顔を思い出した。

「おれにはそう見えたが。白すぎるキャンバスは不自然に見えるものだ。完璧な黒が存在しないように、完璧な白も存在しない」

塚本が皮肉っぽくいった。

綿貫の顔は興奮のせいでやや紅潮している。

「だとしたら石森は最悪な人間ですね。犯罪者の更生を支援する聖人を演じながら、まったく逆のことをしている」

「人間にとって最高の娯楽は、人間で遊ぶことだからな。いじめっ子はいじめられっ子同士を喧嘩させるし、政治家は戦争を始めて国民に殺し合わせる。他人を匿名化し、生命を弄ぶ行為は、人間に多大な万能感と快楽をもたらすのさ。生まれついての勝ち組なのに、保護観察対象者の更生に真摯に向き合っているというよりは、元受刑者に犯罪行為をさせて遊んでいるほうが、おれにはよほど人間らしく思える」

「そんなのが人間らしいわけないだろう。かりにそんなことをしていたら人間じゃない。悪魔だ」

塚本がふっと笑った。

「なんだ」

「刑事としてそれなりにキャリアを積んできたはずなのに、よくそこまで人間という生き物を信じられるものだと思ってな」

喧嘩を売られているのかと思ったが、続く言葉で西野のこぶしを握り締める力が緩む。

「だからこそ、絵麻にはきみが必要なのかもしれない。よくわかったよ」

褒められているのか貶されているのか、反応に困っていると、綿貫が口を開いた。

「塚本さんはこれからどうするんですか」

「まずは現在、石森のもとに通っている保護観察対象者を洗い出す。最近年季が明けた対象者まで遡るべきかもしれない。その中でプロファイルに合致する者のアリバイを調べる」

「おれたちは、これから姫野の行きつけのパチンコ店に聞き込みに行こうと思っているんですが、塚本さん的にはどうですか」

「きみたちは好きなようにすればいい」

「塚本さんの考えていることを教えてください」

躊躇（ちゅうちょ）するような数秒の沈黙の後、塚本が口を開く。

「おれならやらない」

「どうしてですか」

「無駄だからだ。石森を通じて語られる姫野の姿がどこまで本当なのか疑わしいと、おれは思っている。もしも石森に裏の顔があって、おれの想像するようなことをやっているとしたら、事実を話して警察が姫野に近づくのは避けたいだろうからな」

「捜査の攪乱を狙っているってことですか」

「もしもおれの推理通りなら、という話だ。おれが石森なら、警察には出鱈目（でたらめ）な姫野像を話して真相から遠ざける。なにしろ仮出所から二か月で、社会にまだほとんど馴染めていない姫野には、職場の同僚と石森以外に知り合いがいない。しかも同僚との交流も少なかったとなれば、石森が唯一の情報源になる。なにをいったところで疑われないし、警察は石森の提供する情報の裏取りに勤しむしかない」

「パチンコが趣味だったという情報がガセなら、いくら聞き込みをしたところで姫野の話なんか出てきませんね。警察が見当違いの捜査をしていれば、証拠の隠滅や逃亡の時間稼ぎもできる」

「それはどうかな」

塚本は複雑な表情を浮かべた。

「おれの考えでは、姫野はもう見つからない」

ややあって、綿貫が反応する。

「消された？」

思わず西野も振り返った。

「おれならそうする。姫野の身柄が押さえられれば、石森の指示が明らかになる。姫野に与えられたミッションは、広瀬の逃走を助けることだった。もちろん顔を見られてはいけないし、証拠を残してもいけない。だが姫野はおれを始末し損ね、あろうことか現場に拳銃まで残してしまった。二か月前に仮出所したばかりの男だから、すぐに特定されて指名手配になる。金で動いているだけの姫野が、警察に捕まって石森のことを黙っていられるわけがない。幸い、石森は手駒には事欠かない。姫野に自分のことは黙っておけと指示するより、存在自体を消してしまうほうが確実だ。死体だけでも見つかればラッキーだが、その点もしっかり工作しているだろうから、あまり期待はできないな」

あくまでおれの想像に過ぎないがと、最後に念押しする。

どうする？と問うような綿貫の視線が、こちらを見た。

「ま、セオリーを踏むのも大事なことだ。頑張ってくれ」

塚本が軽く手を上げ、立ち去ろうとする。

「待ってください。塚本さん。おれたちにも、塚本さんの捜査を手伝わせてください」

綿貫の行動は、予想通りともいえた。おそらく塚本自身も、最初からこれを狙っていたのだろう。西野は内心で歯嚙みした。

10

デスクに並べられた資料の閲覧を終えると、絵麻は腕組みをして顔を上げた。

「戦略としては悪くないんじゃない」

「捜査一課の最終兵器にそういってもらえて、光栄だな」

塚本が右手を胸にあて、芝居がかったお辞儀をする。

「たしかに保護司が悪の親玉だったら、手駒には困らないわね」

「しかも石森家には資金が潤沢にある。札束で引っ叩(ぱた)いていうことを聞かせるなんて下品極まりないが、最高に楽しい娯楽だろう」

塚本が視線で綿貫に同意を求める。

愛想笑いで応じる綿貫は、冗談と受け取ったのだろうが、塚本は本気だ。本気で犯罪者に共感し、ギリギリのラインで踏みとどまっているからこそ、すぐれたプロファイラーでいられる。

「あんたは？　西野。さっきからぶすっとして黙ってるけど」

西野は三人から少し離れた部屋の壁に背をもたせかけ、ときおり不機嫌そうに見えない石を蹴っていた。

「おれは別に。なんとも」

「子どもじゃないんだからふてくされてるんじゃないわよ。いいたいことがあるならはっきりいいなさい」

綿貫は自分が叱られたように肩をすくめ、塚本はこの気まずさをおもしろがるように、にやにや意地悪な微笑を浮かべていた。

「……ですよ」

「なに？　声が小さい」

絵麻は耳に手を添えた。

「いいですよ。綿貫さんはそっちがいいと思ってるんでしょうし」

「おれのせいにするなよ。おれは、塚本さんの推理に筋が通っていると感じたからこそ、石森が担当した保護観察対象者の捜査に参加することにしたんだ。おまえになにかを強制するつもりはない。自分が正しいと思う道を進めばいい」

綿貫に説教され、西野の視線が下を向く。

「すんません。自分も、その人の推理が合ってるように思いました」

恨めしげな目が塚本を捉えた。

「最初からそういえばいいんだ」

綿貫があきれたように鼻を鳴らす。

四人がいるのは、新橋駅にほど近いレンタル会議室だった。普段は代官山のラボにいる塚本も公安部所属なので本部庁舎に出入りするのは問題ないが、捜査一課の人間と行動をともにしていると知られれば、ややこしくなる。

最大収容人数五十人の部屋は、学校の教室ぐらいの広さで、長机とパイプ椅子が並べられている。会議室前方のホワイトボートに向かって最前列の席に絵麻が座り、綿貫と塚本は、絵麻に向き合うようにして立っていた。西野だけが一人離れて立っている。

「これから、この保護観察対象者を順に調べていくのね」

絵麻が見ていた資料は、石森が担当する保護観察対象者のリストだった。本来なら保護観察所以外知りえない極秘情報なので、どのようにして入手したかは、詮索しないほうがよさそうだ。

塚本が資料をめくりながらいう。

「犯罪者プロファイリングと地理的プロファイリングの両面からアプローチしていけば優先順位がつけられる。上位から順にあたることで、効率も高められる」

「姫野を操って塚本さんを襲わせたのが石森。琴莉さん宅への放火や聡美ちゃんへの襲撃も石森が指示を与えていたと考えるなら——」

綿貫が腕組みした。

「筒井さんの襲撃も」

大事なことを忘れるなという感じで、西野が付け加える。

西野を一瞥し、綿貫が頷いた。

「筒井さん襲撃についても、すべて石森の指示だとするなら、楠木は無関係ということでしょうか」

「違う。本当の黒幕は楠木。それは間違いない。楠木は外の世界との連絡役として、自分に心酔していた週刊誌記者の畑中と獄中結婚した。広瀬真沙代に接触したのは、畑中独自の判断。けれどそのうち楠木は、畑中以外に便利な連絡役を手に入れた。畑中ほど自己顕示欲や自己承認欲が強くなくて、忠実に動いてくれる手足のような存在。畑中は用済みだったけど、広瀬真沙代には自分の跡取りとしての価値を見出した。だから逮捕寸前の広瀬の逃亡を助けたし、警察が広瀬の足跡を追えないように畑中を消した」

「跡取りって……連続殺人鬼の跡を継がれても困るんだけどな」

綿貫が眼鏡のブリッジを人差し指で押し上げる。

「跡は継がせない。私たちが止めるの」

「でもおかしいですよね。楠木への面会記録に畑中以外の名前はなかった」

「綿貫のいう通りだ。少なくともここ数年、畑中と絵麻以外に、楠木に外部の者が面会した記録はない」

塚本と綿貫が頷き合う。

「なんのために私が楠木への面会を繰り返していたと思うの？」

絵麻の発言の意図を図りかねるという感じの、奇妙な沈黙がおりた。

「なんのためだ」

「あら。百戦錬磨の天才プロファイラーさんにも、わからないことがあるんだ」

一本取られたなと、塚本が苦笑する。

そのとき、西野が文字で表現できないような奇声を発した。

綿貫がびくっと肩を跳ね上げる。

「なんだおまえ、急に」

「刑務官です！」

西野が歩み寄ってきた。テーブルに両手をつき、互いの息がかかるほど絵麻に顔を寄せてくる。

「刑務官だ。刑務官なら施設を自由に出入りできる。そうですよね」

「近い近い。あんた相変わらず暑苦しいわね」

絵麻は両手を上げながら身を引き、椅子の背もたれに体重をかける。

「そういうことか」塚本も気づいたようだ。

「刑務官を手なずけて、自分のメッセージを外部の人間に伝えさせた。もちろん、検閲なんて面倒なこともないし、誰かが面会に来るまで待つ必要もない」

絵麻は頷いた。

「楠木への面会時には、いつも刑務官が付き添っている。当然ながら、毎度同じ刑務官が付き添うわけではない。途中で口を挟むことはないけれど、私たちの会話は耳に入っているからマイクロジェスチャーが出る」

綿貫が左の手の平を、反対のこぶしで打った。

「だから何度も面会に行って、楠木との会話に反応する刑務官を探していたんだ」

「そういうこと」

絵麻は椅子の背もたれに肘を乗せた。

「そこまで自信満々ということは、特定できたのか」

塚本の顔は珍しく紅潮している。

絵麻は三人の男の顔を見回した。

「誰が連絡役なのかという質問に反応して、しきりに時計に視線を移すしぐさを見せる刑務官がいた。ほかにも不審なマイクロジェスチャーがたっぷり」

「名前は確認できたか」

質問してきたかつての恋人を、絵麻は見上げた。

「高梨(たかなし)」

「高梨、ですか」

西野が名前を繰り返す。

「ありふれた苗字ではないから、職員名簿と照合すればすぐに特定できそうだな」

塚本は頭の中で今後の展開をシミュレーションしているようだ。

「高梨……」

西野が口の中で繰り返している。

「どうかしたか」

綿貫が西野を振り向いた。

「いや。どこかで聞いた名前だと思って」

「知り合いか」

「違います。芸能人かなにかですかね」

「ですかね、なんていわれても、おれは知らないぞ。高梨っていう名前のグラビアアイドル、いたかな」

虚空を睨む先輩刑事に、西野が口を尖らせた。

「どうしてグラビアアイドル限定なんですか」

「おまえが名前を覚える芸能人なんて、グラビアアイドルぐらいじゃないか」

突破口を見出したおかげで、軽口を叩けるほどに空気もほぐれてきた。

そのときだった。

どこかから振動音が聞こえる。

綿貫が懐からスマートフォンを取り出した。

「筒井さんの奥さんからだ」

とたんに会議室が静かになった。

綿貫がスマートフォンを耳にあてて応答する。

「はい。もしもし」

はい、はい。綿貫は相槌を打ちながら、空いたほうの手をスラックスに擦りつけて汗を拭っている。

綿貫以外の三人は、漏れ聞こえてくる音声に全神経を集中していた。良い報せか、それとも——。

「本当ですか！」

綿貫が声を張り上げる。その声に含まれた明るさに反応して、西野が顔をほころばせた。内容はわからないけど、これはきっと吉報に違いありませんよね。そういう顔で絵麻を見る。

綿貫がスマートフォンの送話口を手で覆い、仲間に告げる。

「筒井さん、意識が戻ったそうです」

会議室に歓声が弾けた。

11

新橋駅前でタクシーを拾い、筒井の入院する病院へと向かった。

病室の前には見張りの制服警官が二人立っている。絵麻たちは警察手帳を提示し、病室に入った。

筒井の妻が椅子から立ち上がる。

筒井は入院着姿で横になったまま、顔だけをこちらに向けた。

「筒井さん！」

綿貫はそう叫んだかと思うと、その場にへたり込んだ。両手で顔を覆いながら嗚咽する。

「おいおい、みっともねえな。ガキみたいに泣くな」

綿貫は答えることすらできずに、ときおりしゃくり上げている。

そんな綿貫の背中を擦りながら、西野がいった。

「いいじゃないですか。泣いたって。綿貫さんがどれほど筒井さんを心配していたか……僕だって……」

綿貫の感情が伝染したかのように、西野も号泣し始めた。

筒井が耳に人さし指を突っ込み、顔をしかめる。

「おまえら、うるせえんだよ！　いい大人がなに二人して泣いてやがる！　みっともねえな」

もちろん、本気で怒っているわけではない。

「死に損ないましたね」

絵麻は筒井に歩み寄った。

「こんなときにまで口の減らねえやつだ。いたわりの言葉一つかけられないのか」

「いたわってほしいですか」

筒井はしばらく天井を見つめ、顔を横に振った。

「いいや。おまえの減らず口を聞いて、この世に戻ってきたのを実感した」

筒井は軽く首をひねり、塚本に小さな会釈をした。

塚本も同じようなしぐさで応じる。

「意識が戻ってよかったです」

「あんたにも礼をいっておかないとな。あんたが鍵を開けてくれなかったら、とっくに死んでいたかもしれないって聞いた」

公衆トイレの扉の鍵のことをいっているようだ。

「たいしたことはしていません。おれがやらなかったら、誰かが同じことをしていたでしょう。それより、奥さまはお手柄でした」

「本当にそうですよ。和恵さんが異変に気づいてくれなければ、筒井さん、殺されてたんですからね。筒井さんには和恵さんがいないとダメですよ」

綿貫もようやく落ち着いてきたようだ。頰を手で拭いながら立ち上がる。

「わかってる。ほんと、こんなときまで迷惑かけちまって……」

筒井が天井を向いた。

「聡美の様子を見てきます。ごゆっくりどうぞ」

和恵が居心地悪そうに立ち上がった。

引き戸を開けて部屋を出ようとしたところで、ちょうどやってきたシオリとぶつかりそうになる。

「ごめんなさい」

シオリの横をすり抜けるようにして、和恵が出ていく。

「すみません。まずいこといっちゃいました」

綿貫が申し訳なさそうに後頭部をかく。

「いや。おまえらは悪くない」

「筒井さーん！　よかったー！　意識が戻ったって聞いて、仕事ほっぽり出してきましたよ！」

両手を振りながら入室してくるシオリは、制服姿だった。

「おう。ありがとよ」

軽く頭を起こしてシオリに応えると、筒井は天井を向いて深い息を吐いた。

「おまえら、今回は本当に申し訳なかったな」

「なにいってるんですか。水くさいな」

西野が笑顔になる。

「そうですよ。広瀬を誘い出すことにつながって捜査が大きく進展したんですから、結果オーライです」

綿貫は何度も頷いていた。

へへっ、と、筒井が人さし指で鼻の下を擦る。

「命を張った甲斐があったか」

「本当に命を懸けて囮になるなんて、刑事の鑑ですね」

絵麻の皮肉も、なぜか嬉しそうだ。

「ところで畑中が消されたらしいな」

筒井の瞳が猟犬の鋭さを取り戻す。

「いまは仕事のことを考えずに、ゆっくり休んだほうが」

綿貫の気遣いも無用というふうに、筒井は眉間に皺を寄せた。

「情報を伏せられたままじゃ気になって安眠できない。話を聞かせてくれ」

「わかりました」

まずは絵麻から切り出し、西野と綿貫、塚本が補足しながら、ことの経緯と推理を伝えた。

「そういうことだったのか。刑務官が連絡役になり、保護司が保護観察対象者を手駒に犯罪行為を働く……事実ならとんでもない話だな」

「残念ながら事実です」

絵麻が断言すると、筒井は小さく笑った。

「相変わらず自信たっぷりだな。おれらから見たら、物証もなにもない臆測に過ぎない段階だってのに」

「私にはなだめ行動という明白な根拠があります」

「なだめ行動ね。やっぱりおまえはまじない師だな」

しみじみとした口調だった。

「まじない師じゃありません。行動心理学です」

西野が訂正する。

「その行動心理学っていうのが、おれにとってはまじないにしか見えないっていうんだ」

筒井は笑いを収め、絵麻のほうに視線を動かした。

「それで、広瀬と姫野の足取りはつかめそうなのか」

「発砲事件がこれだけ大きく報じられた以上、姫野はおそらく、すでに消されています」

続きはどうぞ、という感じで塚本が視線を流してくる。

絵麻は肩をすくめた。

「足取りはつかめていません。畑中と姫野が消えたいまとなっては、広瀬は野に放たれた猛犬みたいなものです。神出鬼没でいつどこに現れるかわからないから、また筒井さんを狙ってくるかもしれません。気をつけてください」

「いまさら筒井さんの口を塞いだところで、たいした意味はないがな」

塚本がいう。

「それは間違いないんだけど、畑中が広瀬とつながった背景には警察への恨みという共通の感情がある。筒井さんの口封じは、畑中からすれば、石森から高梨、そして楠木まで辿られてしまう危険を断ち切るという明確な目的があるけど、広瀬にとってはたんなる私への復讐だったはず。それが失敗に終わったんだから、怨嗟の感情はさらに増幅している。なんとしても当初の目的をはたそうと躍起になる可能性もある」

「いまから広瀬が襲ってきたとしても、返り討ちにしてやるさ。手負いでも腕力で女に負けるほど衰えちゃいない」

筒井が片頬を持ち上げる。

「筒井さんだけでなく、和恵さんや聡美ちゃんが襲われる恐れもあるので、気をつけてください」

絵麻が釘を刺すと、「わかってる」筒井は急にトーンダウンした。

微妙な空気を察したのか、綿貫が話題を変える。

「資料を見てもらったらどうですか」

「そうね。襲ってきた男の人相……男でしたよね？」

念のために確認すると、小刻みな頷きが返ってきた。

「ああ。そうだ。男だった」

「相手の人相を覚えていますか」

「暗かったし必死だったし、細かいところまで覚えているかといわれれば、自信はないが」

「姫野の顔写真は、もう……？」

塚本の質問に、筒井がかぶりを振る。

「いや。あるなら見せてくれ」

「これです」

綿貫が差し出した写真を睨み、筒井は唇を曲げた。

「違う。おれを襲ったのはこいつじゃない」

琴莉のアパート放火、聡美の襲撃、筒井の襲撃、すべて実行犯が異なるということか。

「ではほかの写真も見てもらえますか」

絵麻は西野を振り向いた。

西野が鞄から資料を取り出す。

「石森が担当している保護観察対象者の中から、塚本さんのプロファイリングした犯人像に合致する者をピックアップしました」

まず一人目、と西野が写真を筒井の目の前にかざす。

筒井が眉間に皺を寄せ、写真に見入る。

「どうですか」

絵麻の質問に、筒井は「待ってくれ」と手を振った。

「老眼だからピントが合うのに時間かかる」

「これぐらいですか」

西野は写真を近づけたり遠ざけたりしていたが、やがて筒井から写真を取り上げられた。

「こいつはなにをやらかしたんだ」

写真に視線を固定したまま、筒井が訊いた。

「立野清孝。四十五歳。直近の服役は傷害致死ですが、暴行やら恐喝やらで何度も刑務所を出たり入ったりしている札付きです。筒井さんを襲ったときの、暴力に躊躇のない犯行形態と、筒井さんと格闘して互角に渡り合える身体能力を考慮して第一候補としました。身体はそれほど大きくありませんが、学生時代に柔道で全国大会に出場経験があります」

「そうか」

筒井はあらためて写真に見入った。

「どうですか。次、行きますか」

西野が次の候補者の写真を差し出そうとする。

が、筒井は手を振ってそれを断り、写真を凝視し続けた。

そのまま、独り言のように声を発する。

「犯罪者プロファイリングっていうのは、どれぐらいの精度なんだ」

塚本への質問のようだ。

「プロファイリングは統計学です。これまでのデータの蓄積から傾向を割り出す。あくまで傾向に過ぎないので、一〇〇%ではありません。便利な道具みたいなもので、利用する人間によっては非常に強力な武器になりうるし、ただの占いレベルの戯言（ざれごと）にしかならない場合もあります」

「なるほどな」

そういったきり、筒井は黙り込んだ。

「ほかの写真も見ますか」

西野が写真を交換しようと手をのばしたとき、筒井がいった。

「こいつだ」

西野の手が止まる。

筒井の視線が写真から塚本のほうに向いた。

「おれを襲ったのは、こいつで間違いない。まさか一枚目で当たるとは」

驚きを隠せないという声音だ。

「プロファイリングした犯人像にもっとも近いのが、立野でしたから」

塚本は涼しい顔だ。

「なんてこった。エンマ様以外にもまじないの使い手がいたとは」

「まじないではありません。絵麻のは行動心理学に基づくキネシクス、おれのは統計学に基づく犯罪者プロファイリング。種も仕掛けもあります」

いや、参った、と、筒井が写真を西野に返す。

「やりましたね。立野の周辺を調べれば、石森から楠木につながるラインも証明できるかもしれない」

綿貫が興奮気味に絵麻を見る。

「立野のアリバイを潰して、任同かけましょう。取り調べまで持っていければ、勝負は決まったようなもの」

「おれたちは立野のアリバイを調べます」

綿貫と西野が頷き合う。

「ならおれは、東京拘置所の高梨という刑務官について調べてみよう」

いいよなと了解を求めるような塚本の視線に、絵麻は頷きで応じた。

「すまないな。戦力になれなくて」

筒井は本当に無念そうだ。

「なにいってるんですか。筒井さんはしっかり休んでください」

綿貫がいう。

「そんな身体で捜査に参加されたら、足手まといにしかならないし」

絵麻の軽口に、筒井がふっと笑う。

「かもしれないな。こんな目に遭わせてくれたホシを自分の手でとっ捕まえてやりたいのはやまやまだが、今回ばかりはおまえらに手柄を譲ってやる。頼んだぞ」

「楠木の手足をもいでやれ」

筒井が差し出してきた右手を、絵麻は力強く握り返した。

「いわれなくてもそうします」

12

『立野が帰ってきました。いま車を駐車場に入れています』

インカムに捜査員からの報告が届く。

「了解しました。ありがとうございます」

西野は礼をいい、綿貫に伝達した。

「帰ってきたそうです」

綿貫の頷きからは並々ならぬ緊張が漂ってくる。

二人がいるのは、足立区北綾瀬(きたあやせ)駅近くの高層マンションだった。四階のエレベーターホールで、立野の到着を待っている。

出所後、石森の紹介により新聞販売店で住み込みの仕事を始めた立野は、つい最近そこを辞めてこのマンションに引っ越していた。以来、ぶらぶら遊び歩いているようだ。

「しかし、悪銭身につかずとはまさにこのことだな」

立野の周辺を調べ始めて以来、綿貫から何度この言葉を聞いただろう。西野も同感だった。

立野がこのマンションに引っ越したのは、筒井襲撃事件から三日後のことだった。

新聞販売店の元同僚によれば、立野は筒井襲撃事件発生当日に無断欠勤したようだ。翌日には普通に出勤したものの、それまでに比べて明らかに仕事へのやる気を失ったようだったという。「こんな貧乏くさい仕事、やってられねえ。金ならあるんだ」という愚痴を聞いたものの大ボラだと思ったと、元同僚の一人は語っていた。おそらく、筒井襲撃によって石森から多額の報酬が支払われたのだろう。立野は翌日ふたたび無断欠勤したかと思うと、そのまま職場に現れなくなった。そしていまは高層マンションに住み、高級外車を乗り回している。

「本当にそうですよ。石森のやつ、更生を支援するどころか、完全に逆ですね」

報酬がいくらだったかは知らない。だがこんな贅沢な暮らしを一生続けられるほどではないだろう。いずれ貯金も尽きて生活が立ちゆかなくなり、犯罪に手を染めるのは目に見えている。

「悪魔は悪魔の顔をしていないってことだ」

「今回の件でよくわかりました」

石森の爽やかな笑顔が脳裏に浮かぶ。これほどの人格者がこの世に存在するのかと、感動した自分に、西野は腹が立った。

報いは、必ず受けさせてやる。

エレベーターの階数表示を見上げる。地下駐車場から直接居住フロアまで上がってこられる構造だ。まったく、おれが必死で働いても一生こんな高級マンションには手が届かないだろうに、悪人は犯罪行為で稼いだ金で豪遊かよ。怒りの炎に薪(まき)をくべながら、箱が四階に到着するのを待つ。

階数を示すデジタルの数字が『4』になり、扉が開く。

男が出てきた。長髪を後ろで結んだ髭面(ひげづら)で、高級ブランドらしきシャツの大きく開いた胸もとで、金色のネックレスが輝きを放っている。服の上からでもわかる筋肉質な体型で、右手にはこれまた高級ブランドの紙袋を提げていた。

こいつ、またなにか買い物してきやがったのか。将来のために貯蓄するという感覚はないのかよ。

西野はあきれながら、綿貫と横並びになって男の進路を阻んだ。

「なに、おたくら。邪魔なんだけど」

よほど腕力に自信があるのか、男はまったく怯(ひる)む様子もなく二人の刑事を睨みつける。

「立野清孝さんですね」

綿貫が確認する。

「おたくらは」

立野は胸を突き出すようにしながら訊き返した。

西野は警察手帳を提示する。

「警視庁捜査一課の西野と綿貫です。先日板橋区高島平五丁目の路上で発生した捜査一課刑事襲撃事件について、お話をうかがえますか」

「なにそれ。知らね。おれは関係ない」

立野が強引に二人の間を突っ切ろうとする。

「待て」と、綿貫が立野の肩をつかんだ。

「出所して間もない保護観察対象者が、ずいぶん贅沢な暮らしをしてるみたいだな」

「だったらなんだよ」

「金はどうした」

「実家が太いもんでね」

嫌みったらしい抑揚をつけた口調だった。

「嘘つけ」

「嘘じゃない。ってか離せよ。これ、暴行じゃないのか」

立野が身体を揺すっても、綿貫は手を離そうとしない。

「詳しい話は署で聞こうか」

「おれは話すつもりなんてない。どうせ任意だろ」

「おまえに選ぶ権利なんてない」

「なんだと」

「筒井さんを襲ったな。しかも卑怯にも背後から」

この体格の男に不意打ちで襲われて、むしろよく反撃できたものだと、立野と向き合ってみてあらためて筒井のすごさを痛感させられる。

「話は署でするんじゃなかったのか」

「どこでもいい。おまえをとっ捕まえて、二度と娑婆に出てこられないように余罪をたっぷりつけてぶち込んでやる」

「綿貫さん。さすがにそれは……」

筒井の仇討ちで熱くなるのは理解できるが、警察官が吐いていい台詞じゃない。

「さっさと来い」

綿貫が立野の腕を取ろうとした瞬間、西野は声を上げそうになった。

立野のこぶしが綿貫の顔に向かっているのに気づいたからだ。

止めようと思ったが、立野のこぶしが綿貫の鼻に命中するほうが早かった。

「立野！　やめるんだ！」

立野を羽交い締めにする西野を、綿貫は呆然としながら見つめている。眼鏡が斜めにズレて、鼻の周辺が真っ赤になっているが、綿貫自身はなにが起こったのか理解できていないようだ。

やがて綿貫の鼻の穴から、血の筋が垂れ落ちる。

「離せよ！　畜生っ」

西野は暴れる立野を組み伏せた。

「立野清孝！　暴行傷害、公務執行妨害の現行犯で緊急逮捕する！」

後ろ手に手錠をかけられながら、立野がなおもじたばたと暴れる。

「ハメやがったな！　汚ねえぞ！」

「どの口がそんなこというんだ」

立野の襟首をつかんで立たせた。

「大丈夫ですか。綿貫さん」

綿貫はぽかんとしている。

「大丈夫って、なにが」

「血が出てますけど」

西野が自分の鼻の下を手で擦ると、綿貫もそれに倣(なら)う。それから自分の手の平を見つめた。

「血だ……」

綿貫はうわごとのように呟き、そのまま昏倒した。

13

面会室に入るなり、楠木は軽く眉根を寄せた。対面の椅子を引きながら絵麻に問いかける。

「なにか良いことでもあった？」

「わざわざいわなくてもわかってるんじゃない？」

楠木の顔から表情が消えた。

絵麻はアクリル板からせり出したテーブルに両肘をつき、両手の指先同士を合わせた姿勢で、薄笑いを浮かべていた。『尖塔のポーズ』と呼ばれるこのしぐさは、絶対的な自信を表す。

「立野清孝、勝山信（かつやままこと）、今井春樹（いまいはるき）の三人を逮捕した。それぞれなんの容疑かは、説明するまでもないわよね」

立野が筒井襲撃、勝山が筒井の娘・聡美襲撃、今井が西野の婚約者・琴莉のアパートへの放火容疑だ。

立野の逮捕後、塚本のプロファイリングをもとに作成したリストの人物を順に調べたところ、勝山と今井が浮かび上がった。

「三人とも簡単に口を割ったわ。保護司の石森から五千万円の報酬を餌に、犯罪行為の実行役を持ちかけられたって」

「そう」

「というわけでいま、石森の逮捕状を請求している。私がここを出るころには、私の仲間たちが身柄を拘束しているでしょうね」

楠木の目が据わる。

「石森は元受刑者の更生を支援する聖人を演じながら、保護観察対象者をそそのかして犯罪を行わせていた。金も地位も最初から手もとにあると、人生の目標がなくなって退屈になってしまうものなのかしら。贅沢だと思うけど、人それぞれ悩みがあるものだしね。でもうらやましいわよね。なにもかも簡単に手に入りすぎてつまらないから人間を玩具にして遊ぼうなんて、私たちには一生想像もつかないし、共感もできない」

「そうね」

「あなたはどう思う？」

その質問は楠木にたいするものではなかった。

絵麻の視線は、部屋の奥で影のように控える刑務官に向けられている。

いったん顔を上げかけた刑務官が、聞こえなかったふりをして顔を伏せる。

「ねえ、あなたに質問しているの。高梨和之さん」

高梨が弾かれたように顔を上げた。

「今日はあなたと話せたらと思っていたの」

「なぜ、私なんですか」

「わかってるでしょう」

「なんのことだか……」

高梨が帽子のつばを握り、顔を伏せる。

「話したくないならかまわないんだけど、いずれ警察があなたを逮捕しに来る。そしたら結局、私と話すことになる……場所は面会室から取調室に移るけど」

高梨がちらりと楠木を見る。

楠木は鼻白んだような顔をしていた。

絵麻は楠木を顎でしゃくった。

「この女の指示を石森に伝えていたのは、あなたよね。制限なくこの施設と娑婆とを出入りできるあなたを連絡役に出来たことで、楠木には畑中が不要になった」

高梨が腕時計に目をやる素振りを見せた。

しかし楠木から「まだよ」と切り捨てられる。楠木は頬杖をつき、絵麻のほうを見つめたまま続ける。

「面会開始から五分も経っていない。時間切れを口実に面会を打ち切るのは、いくらなんでも不自然。後ろめたいところがあると、自分で認めたようなもの」

「でも……」

　高梨はなにかいいかけたが、結局は黙り込んだ。

「後ろめたいところは、そりゃあるでしょう」

　絵麻は高梨と楠木を交互に見る。

　楠木は観念したような息を吐いた。

「ゲームはもう終わり？」

「終わり。今日はあなたにお別れをいいに来た」

「あんなに私を嫌っていたのに、ずいぶん律儀なのね」

「嘘。手足をもがれて絶望したり、怒り狂うあなたの顔を見に来た」

「残念ながらそれはない。暇つぶしの玩具がなくなっただけだもの。私の結末が変わるわけでもないし、ほかに暇つぶしの手段を見つけるだけ」

「そのようね」

「それに私は、心のどこかで絵麻が私を止めてくれるのを期待していた。絵麻は私の一部だもの。私の考えていることが、わからないわけがない。だから絵麻との勝負には敗れたけど、少し嬉しいの。やっぱり絵麻は私のことをわかってくれていた。私とあなたはツインソウル。それが証明されたんだもの」

「やっぱりあなたは狂っている」

「愛することは狂うことでしょう。愛は人を狂わせる」

「愛は人を狂わせるからって、狂っているから人を愛していることにはならない。あなたはそれを混同している」

「愛と狂気に明確な線引きをできている人間なんか、存在するのかしら」

なまめかしく絵麻を見た後で、楠木が背後を振り返る。

「あなたとももうお別れね。私の生活は変わらないけど、あなたはこれから逮捕され、職を失い、裁かれて投獄される」

激昂して楠木を責めるかと思ったが、高梨は驚くほど無表情だった。一点を見つめたまま、黙り込んでいる。

「どうして楠木に協力するようになったの」

絵麻は訊いた。

「刑務官が楠木の連絡役になっていると気づいたとき、てっきり愛欲を利用したとばかり思っていた。でも違う。あなたは純粋に楠木ゆりかという絶対悪に憧れ、心酔している。そういう人種は一定数存在するけれど、あなたの正体を知ってからは、ちょっと信じられなかった。だってあなた――」

――高梨……。

――どうかしたか。

――いや。どこかで聞いた名前だと思って。

西野と綿貫の会話を思い出す。これまで仕事やプライベートで多くの人間とかかわってきた。その中には高梨という苗字もいた。だからといって、即座に結びつけたりはしない。ありふれてはいないが、めったにいないというほど珍しい苗字でもない。しかし結果的に、西野のあの言葉は正しかった。

高梨和之という刑務官についての調査結果を塚本から聞かされた絵麻は、言葉を失った。なにかの間違いではないかと自分の耳を疑ったし、調査の正確性を疑ったし、いまも信じられないでいる。

「楠木に殺された、高梨和也（かずや）さんの息子でしょう」

かつて西野が殺人の疑いをかけられたことがあった。高梨和也というＩＴ企業勤務の男が自宅マンションで刺し殺され、現場に残された凶器に西野の指紋が付着していたのだ。すべてが楠木と共犯者による工作だった。自らの罪を西野に着せた上で、西野を自殺に見せかけて殺そうとしたのだ。

あのときの被害者の息子が、いま、アクリル板の向こうにいる。

高梨和之は、楠木に殺された男の息子。

つまり楠木ゆりかは、高梨にとって父の仇。

高梨の目に暗い光が宿る。ぞっとするほど冷たい眼差しだった。

「そうです。私の父親は、ゆりかさんに殺されました」

「それなのにどうして」

最初は仇を取ろうと思って接近したのだろうか。それがミイラ取りがミイラになった？

「違うわよ」

絵麻の内心を見透かしたように、楠木がいう。「私がこの子をたぶらかしたとか、そういうことはいっさいないから。この子が、自分から近づいてきたの。あなたに殺された高梨和也の息子です……って。正直私も驚いた。父親の仇討ちでもするつもりなのかと思った。でも違った。もっとあなたが暴れるところを見たい。協力させてくれって、自分から申し出てきたの」

楠木の話を聞きながら、絵麻は高梨を見つめていた。

表情はまるで変わらない。それなのに次第に陰が増していくようなのは、気のせいだろうか。

楠木は続ける。

「この子は本当に優秀な子。あまりに素晴らしいものだから、私にも母性があったのかと誤解したぐらい」

「そんなの、母性じゃない」

絵麻はほぼ無意識に返事していた。

「わかってる。忠実な飼い犬がかわいいというだけ。私は愛情を知らない。知らないから、必要とも思わない。この子はそれでいいのだといってくれた。そんなあなたに憧れるのだと」

ね、と楠木が視線を動かす。

高梨はにやりと口角を持ち上げた。

「石森さんと知り合ったのは、彼がゆりかさんに送ってくれた手紙がきっかけでした。彼は犯罪者に性的な魅力を感じるハイブリストフィリアだったんです。しかし畑中と別れて石森さんと結婚したところで、面会に来る男が変わるだけです。ゆりかさんの退屈を埋めることは叶いません。そこで私が、ゆりかさんの指示を伝える役割を担うことにしたんです。石森さんにしたって、ゆりかさんとこの部屋でアクリル板越しに会話するより、彼女の手足となって犯罪行為の手助けをするほうが満たされるに決まっています」

「どうして……？」

どうしてそこまで。

楠木が頬杖をついたまま、ふふっと笑みを漏らす。

「いま理由を探しているでしょ。どうしてこの子が、父親の仇であるはずの私にそこまで尽くすのか。親子関係がよくなかったんじゃないか。虐待でもされていたんじゃないか」

話の途中から、高梨はかぶりを振っていた。

「父に手を上げられたことは一度もありません。両親は離婚していたので一緒に暮らしてはいませんでしたが、じゅうぶんな養育費を支払ってくれましたし、週に一度は会いに来てくれました。関係は良好だったと思います。そうでなければ、母の旧姓を名乗っているはずでしょう？　私は父に愛されていた。私も父のことを好きでした」

「なら、なんで？」

知らず声が震えていた。

「なんで？」と、高梨は繰り返す。質問されたこと自体が不可解そうだった。

「愛情を注がれたからって、愛情を返す必要がありますか？」

ぐらりと視界が揺れる。

私は本当に、勝ったのか――？

「ほんと、人間って複雑で難しいわよね。行動心理学なんかでは、完全に理解できるものではないわよね」

楠木の高らかな笑い声が、狭い面会室に響き渡った。

14

木製の大きな扉をノックすると、「どうぞ」と上品そうな女の声が応えた。

扉を開いた絵麻に、西野が鏡越しに笑顔を向けてくる。ホワイトの生地に襟とボタンが茶色いタキシード姿だった。

「楯岡さん。お疲れさまです」

「あんた、ちゃんと試着した？　シャツのサイズ合ってないんじゃないの」

西野のシャツは襟元が詰まって窮屈そうに見える。

「試着しましたよ。これより一個大きいやつだと、袖が長すぎて不格好になるんです」

「胸囲だけやたら大きい変な体型してるもんね」

「そんないいかたしなくても、普通にマッチョでいいじゃないですか」

そのとき、黒いタキシードの男性と着物の女性が歩み寄ってきた。男性のほうは目が小さく鼻が低いあっさりした顔立ち、女性のほうはそれぞれのパーツが大きいはっきりした顔立ちと、まったく系統が違うのに、不思議とどちらも西野によく似ている。

「はじめまして。圭介の父です」

「母です」

「はじめまして。同僚の楯岡です。このたびはおめでとうございます」

ありがとうございますと、両親が深々と頭を下げる。

「圭介からいつもお話をうかがっていました」

西野の母が陽だまりのような笑みを浮かべる。

「そうなんですか。どんな話をしていたのかしら」

絵麻は横目で西野を睨んだ。

「変な話はしてないですよ」

西野は弁解口調だ。

「別になんといわれててもいいんだけど」

「本当です。楯岡さんには本当に感謝しています。楯岡さんがいなければ、この日を迎えられなかっただろうし」

真っ直ぐな謝辞が照れ臭くて、絵麻は鼻の下を人差し指で擦った。

「やめてよ。気持ち悪いのは——」

顔だけにして。

いつもの調子で軽口を叩きそうになり、ぐっと言葉を呑み込んだ。晴れの日に両親の前で息子をこき下ろすわけにはいかない。

西野の父が口を開く。

「本当ですよ。たまに実家に帰ってくると、息子はいつも楯岡さんの話ばかりで、どれだけすごい人かを力説するんです。だからてっきり楯岡さんが……」

不自然に言葉が途切れたのは、「こら」と妻から肘で小突かれたからだった。

「これは失礼しました。楯岡さんがあまりに美人さんなもので、舞い上がっておかしなことを口走ってしまいました」

「いいえ」

愛想笑いで受け流した。

「琴莉のほうは」

西野が質問してくる。

「いま見てきた」

「どうでしたか」

「思った通り、すごく綺麗だった」

「でしょう？」

自慢げに目を細められた。

「じゃあ私は行くわ。西野、しっかりね」

「任せてください」

自分の胸をこぶしで叩く西野の顔は、いつになく固い。

新郎控え室を出て、廊下を歩く。チャペルに入るにはまだ早い。ラウンジのカフェに入り、ソファに腰かけた。コーヒーを注文し、ロビーを眺める。

さすが銀座の一等地にある高級ホテルだ。出入りする人種もまとっている空気が違う。

「ったく、苦手なんだよな。こういうハイソな空間ってのは」

黒いスーツに身を包んだ筒井が、同じテーブルを囲む席にどっかと腰をおろした。

「勝手に座らないでもらえますか」

「なんでだよ。同僚なのにわざわざ断りが必要か」

「こういうホテルのコーヒーがどうして高いかわかりますか。良い豆や良いサービスだけでなく、良い雰囲気を提供しているからです」

「たしかに良い雰囲気だが、一杯二千円もするのは高すぎだろう」

高い天井を物珍しげに見上げる筒井に、絵麻の意図は伝わっていないようだ。

ウェイターが心配そうに近づいてきた。「連れ」だといわれたから同じテーブルに案内したものの、筒井の申告の真偽を疑ったらしい。

「なんだよ。連れだっていっただろう」

「しかし……」

ウェイターが気遣わしげに絵麻を見る。

「大丈夫。不本意ながら連れです」

「ほらな。いったじゃないか。おれにもコーヒー一つ持ってきてくれ」

筒井がしっしっとウェイターを追い払う。

「だからこういう場所は嫌なんだ。人を値踏みしやがって」

「悪態つけるぐらい元気になったのはいいことです」

「もともとたいした傷じゃない。おおげさに騒ぎすぎなんだ」

筒井が不機嫌そうにソファの肘掛けに頬杖をつく。

筒井が退院したのはつい三日前のことだ。西野は直前まで結婚式を延期するべきか悩んでいたが、そんな心配は無用とばかりに医師も驚くスピードで回復してみせた。来週中にも職場復帰の予定らしい。

「どうですか、一人暮らしは」

「快適だ。やれ油物を摂りすぎるなとか、脱いだ服を洗濯機に入れておけだとか、口うるさいやつがいなくなってせいせいしている」

「たぶん向こうはそれ以上にせいせいしてますよ」

ふん、と鼻を鳴らされた。

「かっこいいと思いますよ」

「あ？」

「筒井さんの決断。かっこいいと思います」

筒井は入院中に離婚届に判を押した。せめて怪我が回復するまでという妻の申し出も拒否して一人で過ごし、退院後は新たに契約したアパートに移ったようだ。

「なにがかっこいいもんかよ」

筒井が顔をしかめる。「本当にかっこいいやつは、相手が嫌がってるのに気づいたらさっさと身を引くさ。だって、それが惚れた女の望みだぜ？」

ウェイターがコーヒーを運んでくる。

筒井は乱暴な手つきでカップを口に運び、熱がりもせずにいっきに飲み干した。

「でもかっこいいです。なかなかできることじゃありません」

「なんだよ。いつものエンマ様と違って気味悪いな」

「本心です」

筒井の表情が複雑そうに歪む。

「なんのためにこれまで頑張ってきたのかって気になるぜ。ああ、バカバカしい。寝る間も惜しんで働いた結果がこれかよ」

「おかげで東京の治安は少しよくなったと思います」

「まあ、少しはな。ほんの少しだ」

「それでも筒井さんが家族関係を犠牲にして働いたおかげで、救われた命があるかもしれない。全体から見ればわずかな貢献だし、たった一人かもしれないけど、かけがえのない一人です」

筒井がにんまりとした。

「そう考えるしかないか。家族とも離れて暮らすことになったけど、もう会えなくなるわけじゃない」

「聡美ちゃんとだって、何年かぶりに話が出来るようになったんでしょう」

「まあな」

それは掛け値なしに嬉しいらしく、筒井が破顔する。

娘を襲撃した犯人を命懸けで捕らえようとした父の話に、思春期の娘も心を動かされたらしい。一足早く退院した後で、一人で父の見舞いに訪れたそうだ。

筒井がソファにふんぞり返り、天井を見上げる。

「ただまあ、後悔先に立たずだ。あのときああしておけばって気持ちは、どうしても引きずっちまう。西野のやつが、おれの二の舞にならないように願うぜ」

「西野なら大丈夫です。筒井さんと違って、素直なのが取り柄ですから」

「余計な一言を付け加えずにはいられないみたいだな」

筒井が鼻に皺を寄せる。

「おまえは本当にいいのか。後悔先に立たずだぞ」

絵麻は筒井を見た。

「私と一緒じゃ、西野は幸せになれません」

「西野がどう感じるかなんて関係ない。おまえはどうしたいのかが、大事じゃないのか」

「私は、別に……」

「他人の気持ちを読むのは得意だが、自分のことはわかってないんじゃないか。おれにはそう見えるがな」

空気が重くなったそのとき、綿貫が駆け寄ってきた。

「二人ともここにいたんですか」

「おいおい。ここをどこだと思ってる。場所をわきまえろ」

よほど急いで走ってきたのか、両手を膝に置いて乱れた呼吸を整える。

「そうなんですが、大変なことに」

そこまでいって、綿貫は激しく咳き込んだ。

「とりあえず水飲め」

筒井から渡されたグラスの水をいっきに飲み干してから、綿貫はいった。

「広瀬が……広瀬真沙代が」

「なんだと！」

筒井が出した大声に、ラウンジの視線が集中する。だが当の本人は気にする様子もない。

「やつがどうした」

刑務官の高梨和之はすでに逮捕した。高梨を通じて楠木からの指示を受け取ってい た保護司の石森洋司も逮捕した。石森から金を受け取って犯罪行為に及んだ者たちも全員捕らえた。その中には、姫野一哉の口封じを命じられ、実行した者もいた。やはり姫野はすでに死んでいたらしい。姫野の死体を東京湾に遺棄したという実行犯の供述をもとに遺体の捜索が行われたものの、まだ発見には至っていない。

今回の騒動を受け、楠木についてはさらに厳重な監視下に置かれることとなった。早急な死刑執行を求める声も上がっているようだが、世論に背中を押されて執行したとなれば法務大臣の沽券にかかわるので、逆に執行が先延ばしになるのではないかとする有識者もいる。ともあれ、刑務官を通じて外部に意思伝達をするような真似は、二度とできなくなるだろう。

広瀬真沙代だけが、依然行方知れずのままだった。

名前を変え、寄生する相手を変えながら犯罪行為を繰り返す危険な女は、病院で筒井の殺害に失敗した後の足取りが途絶えている。病院の防犯カメラに捉えられた広瀬の映像は、すでにマスコミを通じて全国に拡散されていた。いまでは全国の警察官だけでなく、一般市民までもが顔を知る有名人だ。それなのにいっさい目撃情報がない状況に、生存すら疑うような意見が、捜査本部では挙がっていた。あるいはすでに海外逃亡しているのではないか。

そんなわけがないと、絵麻は思っている。楠木ゆりかが後継者に指名し、警察あるいは楯岡絵麻個人に強烈な恨みを抱く女だ。虎視眈々と復讐の機会をうかがっているに違いない。

「広瀬の目撃情報が挙がってきました」

「どこで？」

「品川区西中延です。所轄の地域課員がそれらしき人物を見かけたと報告がありました」

「本当か」

筒井は立ち上がった。

すでに情報共有されているらしい。結婚式に参列予定だった同僚たちが、慌ただしくロビーから外に飛び出していく。

しばらく逡巡したものの、筒井も腹を決めたようだ。

「行くぞ、綿貫」

「わかりました」

立ち去ろうとした筒井が、絵麻を指さす。

「おまえは残れ。西野の結婚式におまえがいないなんて、ありえないからな」

筒井と綿貫が出ていった。

絵麻は立ち上がり、歩き出した。

エレベーターに乗って向かったのは、新婦控え室があるフロアだった。

絨毯(じゅうたん)敷きの廊下を歩いていると、前方から女が歩いてきた。黒いスカートスーツ。髪をアップにまとめて首にスカーフを巻いた、結婚式場の職員だ。

「待って」

絵麻はすれ違った後で、女を呼び止めた。

「はい」

振り向いた女が、営業スマイルを浮かべる。

「あなた、広瀬真沙代よね」

「は?」

「整形してるからだいぶ顔立ちは違っているけど、そうよね」

新婦控え室を訪ねたときから、おかしいと思っていた。この女には、絵麻にたいして『恐怖』の微細表情が見え隠れしていたのだ。

「なんのことをおっしゃっているんでしょう。私は山内です」

女が胸もとのネームプレートを見せつけるようにする。

「いまさら説明する必要はないと思うけど、私に嘘は通用しない。あなたは広瀬真沙代」

このタイミングで広瀬の目撃情報が挙がってくること自体、不自然だ。警察関係者を式場から引き離そうという意図がうかがえる。

「あなたがふたたび姿を現すなら、西野の結婚式だと思っていた。幸せの絶頂にある花嫁を傷つけて、不幸のどん底に叩き落とす。私たちに恨みを抱くあなたにとって、考えうる最高の演出だものね」

女の瞳が暗い輝きを帯びる。

「さすがエンマ様の異名をとるだけあるわね」

「その渾名、あまり気に入ってないんだけど」

絵麻は肩をすくめた。

「まだ琴莉ちゃんを傷つけてないわよね？」

返事を待つ必要はない。広瀬のしぐさが答えを教えてくれる。

「よかった。二人きりになるチャンスがなかったのかしら」

「好物は最後までとっておく性格だからだよ」

「その性格が命取りね」

「どうして。私の正体を見破ったのはさすがだけど、それであなたが有利になったわけじゃない」

広瀬が懐から細長い棒状の物体を取り出した。刃物の刃の部分に、革のカバーをかぶせているようだ。革のカバーを取り外すと、鈍色の刃が蛍光灯を反射して光る。

「あなたを刺して動けなくしておいてから、西野の婚約者を刺し殺せばいい。良い考えだと思わない？」

「ぜんぜん」

絵麻は手をひらひらとさせた。「もうあなたの計画は頓挫している。無駄な抵抗はやめたほうがいい」

「これを見てよくそんなことがいえるね」

広瀬が刃物の切っ先を向けてくる。

絵麻は無表情にその先端を見つめた。

「遅い」

広瀬が首をひねる。

その瞬間、広瀬の背後に立った白いタキシードの男が、広瀬の両腕をつかんで刃物を取り上げた。

西野だった。

――琴莉のほうは。

――いま見てきた。

――どうでしたか。

――思った通り、すごく綺麗だった。

広瀬が結婚式を狙ってくるという推理は、事前に西野に話していた。広瀬らしき女を見つけたと、絵麻は新郎控え室で西野に伝えたのだった。

西野によって組み伏せられた広瀬に、絵麻は手錠をかけた。

「ふざけるな！　殺してやる！」

床をのたうちながら、広瀬が呪詛を吐く。

「うるさいな。黙ってろよ」

西野は一丁あがりという感じで両手を叩いた。

「結婚式だっていうのに悪いわね」

「いえいえ。犯罪捜査に冠婚葬祭は関係ありませんから」

「そんなことといって、くれぐれも筒井さんの二の舞にならないように気をつけてよ」

「大丈夫です。琴莉のことは、きちんと幸せにします……あ、こういう表現は前時代的ですね。琴莉と一緒に幸せになります」

「はいはい。ごちそうさま」

「でも実感したでしょう？」

「なにを」

「やっぱり僕らはネギマなんですよ」

「なにいってるの」

　あきれた。この期に及んでなにをいっているのか。

「だって、楯岡さんだけでは刃物を所持した被疑者を制圧できなかったし、僕一人では整形して式場の職員に変装した殺人鬼を見つけられなかった。楯岡さんだけでも、僕だけでもダメ。ネギと鶏肉が絶妙のハーモニーを奏でるように、二人揃って力を発揮できるんです」

「そういうことにしといてあげる」

「もう一人で動き回ったりしないでくださいね」

「わかった」

「これからも新橋ガード下の居酒屋で祝勝会しましょうね」

「わかったから」

　絵麻は西野の両肩をつかんで真っ直ぐ立たせ、曲がったネクタイを直してやった。そのままくるりと回転させ、背中をとんと押す。

「ほら、もうすぐ時間でしょう。行きなさい」

「楯岡さんも、もちろん出席しますよね」

「当たり前じゃない。こいつを引き渡したらすぐに行く」

「必ずですよ」と念を押しながら、西野が去っていく。

絵麻は視線を落とした。

うつ伏せにされたままの広瀬が、憎しみのこもった上目遣いを向けてくる。

「なんとしても復讐してやる。あんたからすべてを奪ってやる」

後輩が幸せをつかんだっていうのに、私はこんな犯罪者の相手か。

こりゃもうしばらく独りだな。

「上等じゃない。やってみればいい」絵麻はしゃがみ込み、挑発的に吐き捨てた。

「私を……誰だと思ってるの」

本書は書き下ろしです。

この物語はフィクションです。作中に同一の名称があった場合でも、
実在する人物・団体等とは一切関係ありません。

宝島社
文庫

ラスト・ヴォイス　行動心理捜査官・楯岡絵麻
（らすと・ヴぉいす　こうどうしんりそうさかん・たておかえま）

2024年4月24日　第1刷発行

著　者　佐藤青南
発行人　関川 誠
発行所　株式会社 宝島社
〒102-8388　東京都千代田区一番町25番地
電話：営業 03(3234)4621／編集 03(3239)0599
https://tkj.jp
印刷・製本　中央精版印刷株式会社

Printed in Japan
ISBN 978-4-299-05426-5